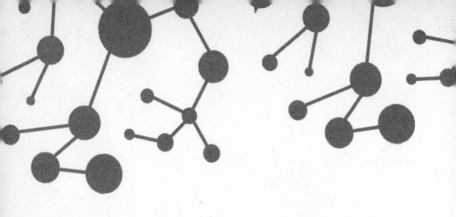

FRAGMENTO DE MATERIA: PARTÍCULA 166-167

MATERIA —DICE FRANK EINSTEIN, GENIO E INVENTOR DE CORTA edad—. Aquello de lo que están hechos todos los seres vivos y todas las cosas que no están vivas. En eso consiste todo.

—Genial —dice Watson, amigo de Frank de tantos años, agachado detrás de él—. Y ¿cómo nos ayuda eso a salir de aquí?

Frank Einstein, como siempre, aplica el método científico que ha aprendido de su abuelo Al.

Frank piensa:

OBSERVACIÓN:

Luces rojas que centellean dos veces por segundo.

Un sonido atronador que resuena contra el suelo de la nave industrial, *Uoooo-uoooo.*

Unos barrotes de color blanco metálico, ligeros, de alta resistencia.

Dos formas mecánicas contra la pared de ladrillo del fondo.

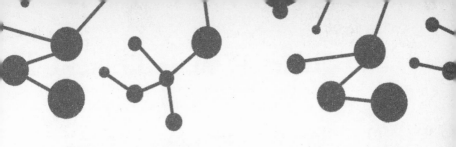

Dos siluetas en la penumbra sobre la plataforma elevadora que hay más arriba, ambas con corbata.

Un rayo de luz blanca concentrada chisporrotea y derrite una línea horizontal que atraviesa la pared de ladrillo más cercana y sigue un rumbo que se cruzará con la posición de Einstein y Watson dentro de veintiocho segundos.

Frank dice:

—**HIPÓTESIS:**

»Luces y sirena: probablemente una alarma.

»Barrotes: de titanio e irrompibles, seguramente.

»Aquellos dos de allí tal vez nos ayuden.

»Los dos de arriba no lo harán.

»Disponemos ahora de trece segundos antes de que cada átomo, elemento, molécula y fragmento de materia de los que estamos hechos estalle con violencia en una nube de humo, calor y cenizas.

—¿Por qué te escucharé siempre? —pregunta Watson, que se aleja tanto como puede del avance del rayo de luz que chisporrotea sobre los ladrillos.

Frank Einstein sonríe.

—Comenzar **EXPERIMENTO...**

EL PEQUEÑO (Y ALGO CHIFLADO)

NK
TEIN

JON SCIESZKA

ILUSTRACIONES DE BRIAN BIGGS
TRADUCCIÓN DE JULIO HERMOSO

ALFAGUARA

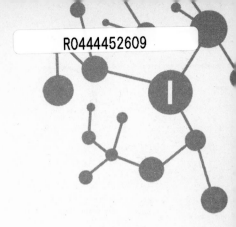

EXACTAMENTE 48 HORAS O DOS ROTACIONES DE LA TIERRA ANTES...

Noche.

Oscuridad.

¡Relámpago!

Un brillante rayo rasga la oscuridad y centellea sobre el tragaluz.

Fran Einstein levanta la vista de su trabajo. Cuenta en voz alta.

—Mil ciento uno. Mil ciento dos. Mil ciento tres...

¡Craaac bruum!

La onda vibratoria del sonido del trueno sacude las viejas ventanas de marco metálico del taller y laboratorio de ciencias de Frank.

—Tres segundos entre la luz y el sonido por cada kilómetro..., así que está a un kilómetro de distancia —calcula

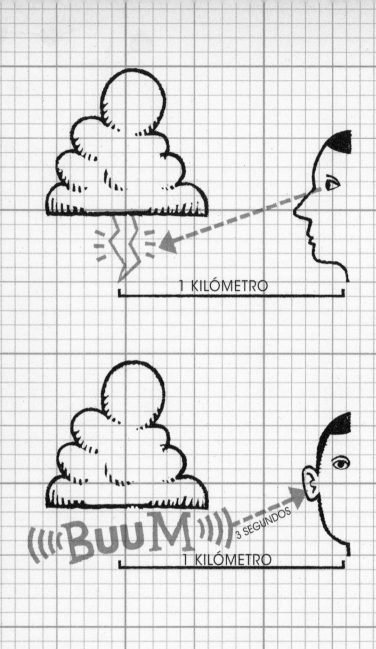

Ilustración 1.1

Frank por medio de la diferencia entre la velocidad de la luz, casi instantánea, y la velocidad del sonido, mucho más lenta—. Justo a tiempo.

—¿Estás seguro de que va a funcionar? —le pregunta Watson mientras se pone unos guantes de fregar los platos, amarillos y largos, para protegerse—. Porque, colega, esto parece una locura de las buenas.

—Es perfecto —responde Frank—. Es perfecto que mis padres se hayan ido otra vez a hacer uno de sus viajes turísticos. Es perfecto que el abuelo Al me haya permitido montar mi laboratorio en su garaje y aprovechar todas estas piezas sobrantes de su tienda de reparaciones. Y es perfecto que podamos utilizar esta tormenta de rayos para aplicar una sobrecarga a mi SmartBot, este robot inteligente, para que cobre vida y así ganar el Premio de Ciencias de Midville.

Un relámpago centellea.

Un trueno retumba.

—Ese premio en metálico de cien mil dólares servirá para pagar todas las facturas del abuelo Al, y el SmartBot nos ayudará a inventar cualquier otra cosa que queramos —Frank coloca el último cable de cobre en el cerebro de su robot inteligente—. ¿Qué podría salir mal?

—Pues, ¿te acuerdas de aquella vez en que estábamos fabricando unos coches de carreras...?

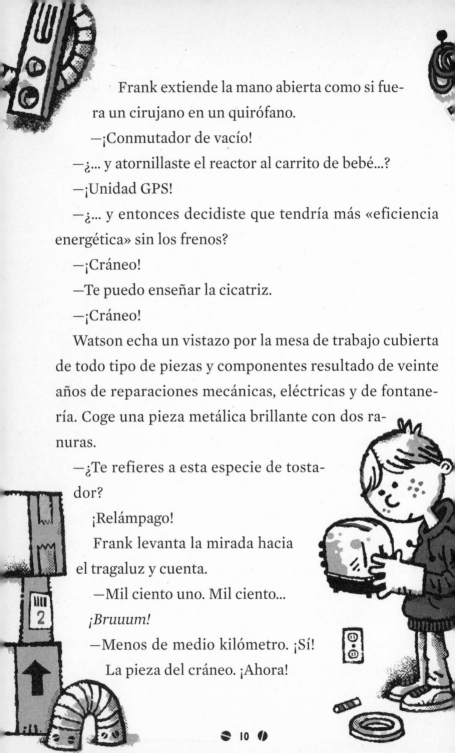

Frank extiende la mano abierta como si fuera un cirujano en un quirófano.

—¡Conmutador de vacío!

—¿... y atornillaste el reactor al carrito de bebé...?

—¡Unidad GPS!

—¿... y entonces decidiste que tendría más «eficiencia energética» sin los frenos?

—¡Cráneo!

—Te puedo enseñar la cicatriz.

—¡Cráneo!

Watson echa un vistazo por la mesa de trabajo cubierta de todo tipo de piezas y componentes resultado de veinte años de reparaciones mecánicas, eléctricas y de fontanería. Coge una pieza metálica brillante con dos ranuras.

—¿Te refieres a esta especie de tostador?

¡Relámpago!

Frank levanta la mirada hacia el tragaluz y cuenta.

—Mil ciento uno. Mil ciento...

¡Bruuum!

—Menos de medio kilómetro. ¡Sí!

La pieza del cráneo. ¡Ahora!

Watson le lanza el cráneo-tostador.

Frank atornilla la pieza en su sitio. Coloca el SmartBot tumbado sobre el armazón de un carrito rojo oxidado y atado a un arnés con una cuerda que pasa por una polea y está conectada al motor que abre la puerta del garaje.

Retrocede unos pasos y admira su obra una última vez.

—Un robot que será capaz de pensar, de aprender y de ser cada vez más inteligente. Solo necesita la energía de un rayo para cobrar vida.

Frank presiona el botón del mecanismo de apertura de la puerta.

Huuummmmmmm, suena el motor. Se tensa la cuerda. Montado en el viejo carrito-mesa de operaciones de Frank, el SmartBot se eleva hasta el techo del garaje mientras se abre el tragaluz.

—¡Sí! —dice Frank Einstein con una risa disparatada.

El pelo y la bata de laboratorio se le revuelven en la corriente de aire que entra de pronto en el garaje. Frank agarra el pincho de barbacoa que hace las veces de interruptor para transferir la energía al SmartBot justo cuando caiga el rayo.

—¿Estás listo, Watson? —grita.

Watson se ajusta la goma de las gafas de seguridad y hace un gesto negativo e inconsciente con la cabeza, pero de to-

das formas le dice que sí a Frank mostrándole un pulgar amarillo y un poco fofo.

Una fuerte ventolera recorre el laboratorio.

La mesa de operaciones asciende hacia el cielo cargado de rayos.

Frank cuenta.

—¡Uno! ¡Dos!...

Y entonces, de repente, ¡*fisssss!*

Las luces del garaje parpadean... tiemblan. El laboratorio se queda a oscuras.

Frank oye a Watson gritar:

—¡Oh, no!

El motor de la puerta del garaje se queda sin electricidad y suelta la cuerda del carrito, que cae contra el suelo de cemento con un estruendo metálico terrible.

¡Relámpago! ¡*Bruuum!* El rayo y el trueno estallan justo al mismo tiempo sobre sus cabezas. La descarga de energía eléctrica de color blanco azulado que se suponía que iba a dar vida al SmartBot desciende por el pararrayos entre crujidos y pasa por la toma de tierra hasta el suelo sin causar ningún daño.

En los fogonazos de luz de la tormenta, Frank y Watson ven una serie de imágenes como si fuesen fotografías:

El SmartBot sale volando del carrito, por los aires.

La cabeza-tostador del SmartBot sale dando vueltas en una dirección.

El cuerpo-aspiradora del SmartBot sale dando vueltas en la dirección opuesta.

Luego, la oscuridad.

Bruuuuum, brrrummmmm... Se alejan los truenos de la tormenta.

—¿Frank? —dice una voz desde la puerta de la cocina—. Chicos, ¿estáis bien ahí dentro?

El rostro del abuelo Al, iluminado por la vela que lleva en la mano, se asoma al laboratorio de Frank.

—¿Qué ha pasado? —pregunta Watson.

—Bonitos guantes —dice el abuelo Al—. Se habrá ido la luz, aunque parece que ha sido solo en esta casa.

La vela del abuelo Al proyecta un círculo de luz amarilla que ilumina las piezas rotas de lo que era el SmartBot de Frank.

—¿Qué es todo esto?

—Ah, una cosa con la que estaba trasteando para el Premio de Ciencias de este fin de semana —dice Frank.

—No se habrá estropeado, ¿verdad?

—Solo un poco —responde él, que no quiere preocupar a su abuelo.

Frank recoge la cabeza y los fragmentos del cuerpo inerte del SmartBot y los coloca con cuidado sobre la mesa de trabajo.

—Lo arreglaré por la mañana.

Watson se quita los guantes de goma, le da unas palmaditas a la cabeza-tostador sin vida y se cuelga la mochila al hombro.

—Un robot capaz de aprender cosas por sí solo sigue siendo una gran idea.

Frank recoge la hoja que había llenado con planos del cerebro del robot y esquemas atómicos. Hace una bola con el papel y la lanza sobre la mesa de trabajo con todas las piezas de repuesto y los componentes escacharrados.

Luego asiente con la cabeza.

—Gracias, Watson. Nos vemos mañana.

Frank Einstein se da media vuelta para marcharse de su laboratorio.

Bbbrrrrrummmm, cruje el último trueno justo cuando Frank cierra la puerta de la cocina tras el abuelo Al y él.

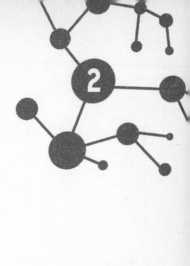

LA TRANQUILIDAD REINA EN EL LABORATORIO DE FRANK EINSTEIN.

La tormenta eléctrica ya ha pasado. Frank está durmiendo. La ciudad de Midville se encuentra en silencio.

Se ha quedado una noche despejada. Un rayo plateado de la luna casi llena atraviesa las oxidadas ventanas industriales y el tragaluz del garaje.

La luz de la luna destella sobre la cabeza-tostador del Smart-Bot y los circuitos de su cerebro que descansan sobre una pila formada por un mando de videojuegos, un reloj de pulsera parado, un teclado electrónico, un grill para hamburguesas, una batidora, el motor de un avión de aeromodelismo, un aparato de abdominales, tuberías flexibles de aluminio, el mando a distancia de una televisión, imanes, pilas, candados, una lima de acero, unos altavoces estéreo, una aspiradora industrial, lám-

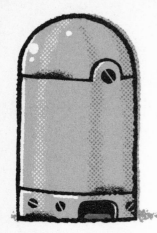

paras, un monitor de ordenador, una bocina de bicicleta, una cámara web, una campana de cristal, las ruedas de un carrito de bebé, termómetros, ventiladores, un GPS de coche, una colección de muestras de roca, un cubo metálico de basura grande y un muñeco parlanchín roto: un mono «Abracitos».

Todos y cada uno de los fragmentos de materia plástica, de piedra, metal o madera descansan inmóviles mientras la más leve brisa se cuela por la puerta destartalada del garaje y mueve la bola de papel arrugado sobre la mesa de trabajo de Frank. La bola de papel rueda una vuelta y media y golpea una bobina de cable de cobre. El cable de cobre se desenrolla y roza la lima de acero. La lima de acero cae contra la muestra de pedernal de la colección de rocas.

El choque del acero y el pedernal genera una chispa.

La chispa salta y va a caer en pleno cerebro del SmartBot que Frank ha creado.

La chispa recorre a toda velocidad las delgadas líneas de los chips de memoria de los circuitos de ordenador. Se duplica, triplica, cuadruplica y crea una red de chispas interconectadas que guarda un terrible parecido con la red de células cerebrales interconectadas de un ser humano.

La red de chispas interconectadas se convierte en... una idea.

La red interconectada se convierte en... un plan.

Se abre el ojo de la cámara web. Parpadea y envía una orden inalámbrica al cuerpo descabezado del robot. La descarga enciende una lucecita verde en el pecho y, a continuación, se adentra en los entresijos del cuerpo hecho con una aspiradora. La descarga se multiplica, se divide y se extiende por el cuerpo del robot.

Una mano con forma de pinza mecánica descansa inmóvil sobre la mesa de trabajo.

Chispa.

La pinza se abre.

Chispa.

La pinza se cierra.

Chispa.

La mano-pinza se mueve entera.

Surgen ahora unas intrincadas ondas de energía que saturan las líneas electrificadas. La mano-pinza mecánica desatornilla la parte de atrás del transformador de corriente de una videoconsola. La mano junta la aspiradora industrial de plástico duro, la cámara web y la campana de cristal.

La luna se oculta tras el paso de una nube.

En la total oscuridad del laboratorio, dos manos mecánicas van juntando y ordenando el montón de cachivaches y herramientas que hay sobre la mesa de trabajo. Las manos quitan y ponen tornillos, comprimen resortes, ajustan engranajes, enroscan tuercas, dan martillazos y van construyendo; vuelven a cablear circuitos, dan forma a retales, montan piezas, fijan tubos y, por último, arrastran una cabeza de robot completamente nueva hacia un cuerpo de robot totalmente reconstruido.

La nube se marcha.

El rayo de luz de la luna vuelve a lucir sobre el laboratorio, y ahora hay algo nuevo sobre la mesa de trabajo de Frank Einstein.

Algo que antes no estaba allí.

Algo que piensa.

Algo que aprende.

Algo que está... vivo.

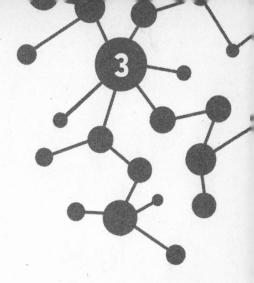

LA ALARMA DEL RELOJ DESPERTADOR DE FRANK SALTA A LAS 8 HORAS
y 34 minutos de la mañana conforme a la zona horaria oficial de Midville.

Y, dado que se trata del reloj despertador del inventor Frank Einstein, por supuesto que no salta con un simple timbre.

Salta por medio de un martillo colocado sobre un viejo reloj despertador. El martillo golpea un clavo... que se clava en una tabla... que libera un piñón de bicicleta con diez velocidades... que deja caer una pequeña pesa sujeta al final de la cadena... que gira otro engranaje... y una rueda... y otra, y otra, y otra más en un laberinto de engranajes y ruedas entrelazadas que cubren toda la pared hasta que la última rueda dentada hace girar un engranaje de tornillo sin fin... que hace rotar una varilla... que abre una cortina vertical

enorme que va desde el techo hasta el suelo... y la habitación se llena con la brillante luz del sol de la mañana.

Frank se sienta en la cama y se rasca la cabeza con las dos manos. Le encanta quedarse a dormir con el abuelo Al en aquella vieja nave industrial tan chula que él había convertido en su hogar, en su tienda-taller Arreglalotodo y ahora también en el propio laboratorio de Frank.

Es posible que el taller Arreglalotodo no sea el negocio más próspero de Midville. Al parecer, la gente tira las cosas a la basura en lugar de arreglarlas, y el abuelo Al siempre se muestra más interesado en arreglar cosas que en ganar dinero. Ahora bien, el taller del abuelo Al es el mejor sitio del mundo para construir y probar cualquier invento con el que puedas soñar.

Frank se pone corriendo unos vaqueros, una camiseta y su bata de laboratorio arrugada, suave y lavada ya más de mil veces. Mete los pies en los zapatos, sin calcetines. Porque así es como a él se le da mejor pensar: bien cómodo.

Observa con ojo científico las vías del tren eléctrico que tiene a sus pies. Llega a la conclusión de que se alegra de haber desconectado anoche su Sistema de Reparto de Calzado por Tren Eléctrico. Ese invento no funciona bien aún. Demasiadas catástrofes en la línea del tren zapatero a primera hora de la mañana.

Frank coge el libro que hay sobre su mesilla de noche, hecha con un carrete de cable enorme, de madera.

El aroma del café y las tortitas procedente de la cocina, en el piso de abajo, hace que se apresure por el pasillo que tiene el suelo de tablones anchos de madera, bajo el letrero de la vieja COMPAÑÍA DE CREMALLERAS DE MIDVILLE estampado en cemento sobre el arco de la puerta.

Frank deja atrás rápidamente las paredes recubiertas con los esquemas y los diagramas del abuelo Al sobre *Las fases de la luna* y *Las constelaciones*. Gira a la izquierda por el pasillo de *Las placas tectónicas* y *La escala temporal geológica*. Dobla a la derecha pasado *El sistema esquelético humano* y *El sistema circulatorio*.

Se sube de un salto al tobogán de *La doble hélice del ADN* y desciende dos pisos en espiral para aparecer justo en la cocina a través de las puertas de vaivén *Célula animal/Célula vegetal*.

—Buenos días, Einstein —dice el abuelo Al mientras saca unas tortitas de la sartén.

—Buenos días, Einstein —responde Frank para seguir su clásica broma que, en realidad, tampoco es una broma.

El abuelo Al sirve una pila humeante de tortitas a cada uno y enciende la lámpara de átomos de carbono que hay sobre la mesa. Brilla con una curiosa mezcla de seis luces de protones azules y seis luces de neutrones rojos en el núcleo central, rodeadas por seis luces de electrones blancos que parpadean de vez en cuando.

Frank traga un delicioso bocado de tortita caliente, mantequilla derretida y sirope de arce.

—Mmm. Entonces, ¿ha vuelto la luz?

El abuelo Al asiente.

—Sí, claro. Siento mucho que sucediera eso. Supongo que fue culpa mía. Esta mañana he encontrado en el frigorífico el aviso de la factura sin pagar. No estoy seguro de cómo ha llegado hasta ahí, pero les he dado una parte del dinero, así que aún podemos encender las luces... al menos hasta que termines tu proyecto.

—No te preocupes por eso —dice Frank, que lamenta la mala memoria de su abuelo—. Tengo más ideas para ganar ese premio, igual que lo ganaste tú con tu superelectroimán cuando eras pequeño.

El abuelo Al asiente, sonríe y alza la vista hacia una foto suya en la que aparece con el trofeo de ganador del Premio de Ciencias de Midville, que está colocada sobre el diagrama de una onda electromagnética en tamaño mural que ocupa la pared de la cocina.

—Creo que eso fue lo que realmente me hizo empezar a pensar como un científico.

Frank da otro mordisco a la tortita.

—Claro, es que tú ya sabías mucho.

El abuelo Al se echa hacia atrás en la silla y suelta una de esas grandes carcajadas suyas tan naturales.

—Nada de eso. Justo al contrario, más bien, empecé a saber lo mucho que desconocía. La ciencia consiste en hacer preguntas, no en memorizar respuestas. Un fracaso es tan valioso como un éxito, siempre que descubras la causa del fracaso.

—Bueno, entonces mi experimento de anoche fue bastante valioso —dice Frank—. Todo se hizo pedazos cuando se fue la luz.

—Lo siento —dice el abuelo Al—. Bueno, ¿qué tal con el libro de Asimov? ¿Estás trabajando con robots?

Frank se zampa el resto de la tortita.

—Estoy trabajando en un robot que sea capaz de aprender por sí solo. Células conectadas en red, no en líneas de órdenes programadas. Me imagino que si conseguimos montar el cerebro de un robot para que funcione como el cerebro de un ser humano, entonces los robots podrían ser capaces de aprender igual que los humanos y ser cada vez más y más inteligentes.

—Interesante —dice el abuelo Al—. Estás utilizando el modelo biofísico de la neurociencia humana.

—¡Exacto! Porque las células del cerebro humano están dispuestas en forma de red, como esto...

Con un rotulador, Frank dibuja un diagrama de neuronas interconectadas sobre la puerta del gigantesco frigorífico industrial de su abuelo.

—Sin embargo, los ordenadores ejecutan decisiones del tipo sí o no siguiendo unas reglas, en una línea recta y larga, más bien como esto...

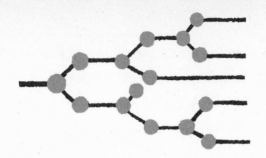

—De manera que ese tipo de robot es incapaz de aprender como lo hacemos nosotros. Solo puede hacer aquello para lo que ha sido programado.

—Ajá... —el abuelo Al asiente con la cabeza.

Frank prosigue, entusiasmado.

—Ahora bien, ¿y si yo hiciese el cerebro del robot como esto...?

—Ya veo —dice el abuelo Al—. Entonces, una célula cerebral se conecta con muchas otras células cerebrales al mismo tiempo. Generando patrones. Creando pensamientos.

Frank conecta un intrincado patrón de células en su diagrama del cerebro de un robot.

—¡Sí! Y entonces, el robot podrá recordar esos patrones. Y los patrones se convierten en pensamientos. Igual que en un cerebro humano. Y entonces...

De repente, la figura a tamaño real de un dimetrodon que hay en un rincón suelta un rugido muy propio de un lagarto.

El abuelo Al mira a Frank con cara de sorpresa.

—¿Quién llamará a estas horas?

Rooooaaaarrr. El dimetrodófono del abuelo Al vuelve a sonar.

El abuelo Al pulsa sobre el ojo del dimetrodon. La gran aleta dorsal con forma de vela se enciende como una pantalla de vídeo, y en ella aparece:

BOB Y MARY

—Oh —dice el abuelo Al—. Son tus padres.

Frank responde a la llamada a través del reptil prehistórico.

—¿Dígame?

—¿Hola? ¿Frank? ¿Eres tú, cariño?

En la pantalla del dimetrodófono aparece una imagen borrosa con dos caras envueltas en sendas capuchas peludas de parka de color naranja.

—Hola, mamá. Sí, soy yo.

—¿Va todo bien? ¿El abuelo y tú os estáis cuidando el uno al otro? ¿Qué hacéis?

—Claro que sí —dice Frank—. Ahora mismo le estaba hablando al abuelo sobre mi modelo de red neuronal para la inteligencia artificial. Estoy tratando de conseguir que funcione para ganar el Premio de Ciencias de Midville.

—Eso está muy bien. Y no te olvides de tomarte tus vitaminas, ¿vale? Aquí está tu padre.

—¡Frank!

—Hola, papá.

—Este es el mejor destino que hemos encontrado para Viajerotrotamundos.com. Es la parte más meridional del planeta. ¿Sabes cómo lo llaman?

—Claro —dice Frank—. Antártida.

—La Antártida, hijo, así es como se llama. El Polo Sur. Glaciares, esquí, paseos con raquetas, pingüinos, focas.

—Genial —dice Frank—. Deberíais comprobar también los estudios sobre el agujero en la capa de ozono. Se hace más grande en esta época del año.

—También hay ballenas, según creo. Muy bien, tenemos que irnos. Volveremos a llamarte dentro de un par de días. Visita nuestro blog si quieres saber más.

—Síiiii, claro —dice Frank.

—¡Vale, hasta luego! ¡Te queremos!

El dimetrodófono se apaga.

Frank mira al abuelo Al.

—¿Estás seguro de que mi padre es tu hijo?

El abuelo Al se ríe.

—Claro que sí, es que nunca le gustaron mucho las ciencias, pero le encanta viajar, eso fijo. Y a tu madre también, y eso nos permite hacer todos nuestros experimentos... Hablando de experimentos, ¿qué le ha pasado al tostador? —pregunta el abuelo—. No lo encuentro por ninguna parte.

—Ah, es cierto. Lo siento. Estaba utilizando algunas de las piezas para mi robot. Voy a buscarlo.

En la mayoría de los lugares del universo, este es el momento en que el adulto soltaría una larga charla sobre los peligros de la electricidad y le diría que no hay que desmontar las cosas, que hay que acordarse de volver a dejarlas donde las encontró y que quizá sería mejor que no volviese a tocar nada, nunca jamás.

Sin embargo, este adulto es el abuelo Al, y dice:

—Estupendo.

Frank entra en su laboratorio y enciende las luces. Rebusca en el desorden de piezas y componentes que hay sobre la mesa de trabajo y sueña con reconstruir su cerebro de robot autodidacta.

Habla consigo mismo mientras comienza a recoger todas las piezas del tostador.

—Podría utilizar más células cerebrales y menos conexiones —dice con una mano extendida como si se encontrase a mitad de una escala—. O podría utilizar menos células cerebrales —prosigue mientras extiende la otra mano— y más conexiones.

Echa un vistazo al montón de cachivaches con las palmas de las manos aún extendidas.

—Termostato, termostato. ¿Dónde estás, termostato?

Oye un leve chirrido mecánico.

Algo cae sobre la palma de su mano derecha.

—**Termostato** —dice una voz electrónica.

—Oh, aquí está —dice Frank—. Genial. Gracias.

Frank acuna con un brazo los componentes del tostador y se dirige de regreso a la cocina, pensando aún en voz alta.

—Aunque, ahora, ¿cómo voy a conseguir la energía, esa chispa que...?

—**De nada** —dice la voz electrónica.

Frank se queda paralizado al advertir de repente que no está solo.

Se da la vuelta para mirar hacia su mesa de trabajo y ve que no está hablando con otra persona.

Está hablando con otra cosa.

Deja caer todas las piezas con un estruendo metálico.

—Tú —dice al comprender al instante lo que había sucedido—, estás... ¡vivo!

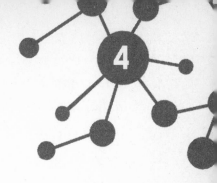

EL ROBOT QUE SE ENCUENTRA EN EL CENTRO DEL LABORATORIO DE Frank Einstein asiente.

—Sí, estoy vivo. Al menos según una de las definiciones de tu término *vivo*.

—Sabía que podía funcionar —dice Frank.

El robot extiende su mano derecha.

—Me llamo Klink. Soy una entidad autoensamblada de inteligencia artificial.

Frank acepta la mano de Klink y la estrecha.

—¿Te has construido tú solo?

—Sí —dice Klink—. Eso es lo que he dicho. Si no fuera cierto, no lo habría dicho.

Frank examina la figura mecánica que tiene ante sí. Reconoce la mayoría de las piezas y componentes de su SmartBot que se había hecho pedazos: un ojo de cámara web, el brazo de tubo, la pantalla del GPS y también un cuerpo de aspiradora mucho más resistente a la desintegración. Tiene ruedas y un asa. El cráneo-tostador ha sido reemplazado por una cabeza mejor, con una campana de cristal. Todo reconectado, recableado y reensamblado para formar un robot plenamente operativo, que pestañea... y habla.

—Pero ¿cómo...?

—Bueno, alguien debe de haber construido la arquitectura inicial de la red neuronal del cerebro. Después de eso, todo cuanto necesitaba el sistema era una chispa. He calculado un noventa y ocho por ciento de probabilidades de que tú seas el humano que la fabricó.

—¿Lo hice yo? —dice Frank—. Es decir... Sí, yo lo hice.

—Maravilloso —dice Klink.

—¿Estás siendo sarcástico? —le pregunta Frank.

—¿Por qué iba yo a utilizar un adjetivo para dar a entender lo contrario de lo que se dice con el fin de insultar a alguien, mostrar irritación o ser gracioso?

—Un momento, ¿sigues siendo sarcástico?

—Yo nuuuunca sería sarcástico.

—Muy bien, la verdad es que... —dice Frank, pero no tiene oportunidad de decidir si un robot puede ser sarcástico o no,

KLINK

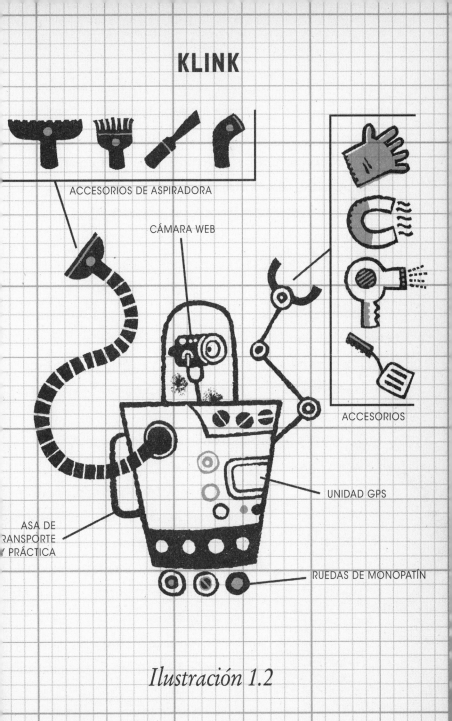

ACCESORIOS DE ASPIRADORA

CÁMARA WEB

ACCESORIOS

UNIDAD GPS

ASA DE
TRANSPORTE
Y PRÁCTICA

RUEDAS DE MONOPATÍN

Ilustración 1.2

porque Klink y él se ven interrumpidos por un cubo de basura enorme que da la vuelta a la mesa de trabajo a zancadas plomizas sobre unos pies metálicos, se choca contra Frank y lo envuelve con sus brazos de tubería de aluminio flexible.

—**¡Humano! ¡Abrazo! Necesitas un abrazo. Yo necesito un abrazo. Dame un abrazo.**

—¡¿Otro robot?! —dice Frank, que ve cómo se le despegan los pies del suelo con aquel abrazo de metal tan enorme y emotivo.

—**Obviamente** —dice Klink—. **Este es Klank. Otra entidad autoensamblada de inteligencia artificial.**

Klank mira a Frank y le sonríe.

—Asombroso —dice Frank en un quejido al empezar a sentirse un poco espachurrado y sin respiración en el abrazo de aquel robot tan grande.

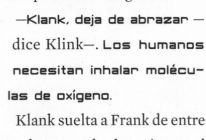

—**Klank, deja de abrazar** —dice Klink—. **Los humanos necesitan inhalar moléculas de oxígeno.**

Klank suelta a Frank de entre sus brazos y lo deposita en el suelo del garaje.

—Gracias —dice Frank.

Klink le ayuda a ponerse en pie.

—Aunque, para hablar con absoluta corrección, debería decir que Klank es una entidad en su mayor parte autoensamblada y de cuasi-inteligencia artificial.

Frank oye cómo giran y suenan los engranajes internos de Klank.

—¡Satisfacción garantizada!

—Klank necesitó un poco de ayuda con el ensamblaje —prosigue Klink—. Tuvimos que apañarnos con las piezas que sobraban, principalmente, así que tiene el cerebro de tu mono de peluche Abracitos…

—¡Dame un abrazo!

—… la memoria de un reloj digital barato…

—¿Eh?

—… y, sobre todo, el corazón de un teclado Casio AL-100R. Ochenta y ocho teclas, cien ritmos.

—Bomp-a-bomp-bomp —hace sonar Klank el ritmo JAZZ SUAVE 1 mientras coge una rueda de bicicleta de la mesa de trabajo y la dobla por la mitad sin querer.

—Ah... y tiene la fuerza de cuatro aparatos de abdominales AB-Master —añade Klink.

La ranura de conexión de Klank se ilumina en lo que parece una sonrisa.

—**¡Haga su pedido ahora y ahorre!**

Frank Einstein echa un vistazo a los dos robots de su laboratorio y sonríe ante la maravilla electromecánica de todo aquello. Las complicadas redes que forman las células neuronales de Frank se iluminan con todo tipo de ideas.

—Entonces, ¿vuestros cerebros están construidos como unas redes neuronales?

—**Sí** —dice Klink con un bip.

—¿Con plasticidad sináptica para adaptarse y aprender?

—**Exacto** —contesta Klink.

—**Oh, sí. Bip-bomp-a-bip** —coincide Klank con el TANGO 2.

—Perfecto —dice Frank.

Se imagina los cerebros de Klink y Klank volviéndose más inteligentes con cada segundo que pasa. Se imagina todos los demás inventos con los que los robots le pueden ayudar. Se imagina mochilas a reacción, y pasajes espaciales, e imanes gigantescos, y rayos de energía, y miembros biónicos, y universos múltiples, y cientos de inventos más y cientos de preguntas más.

—Esto va a ser increíble.

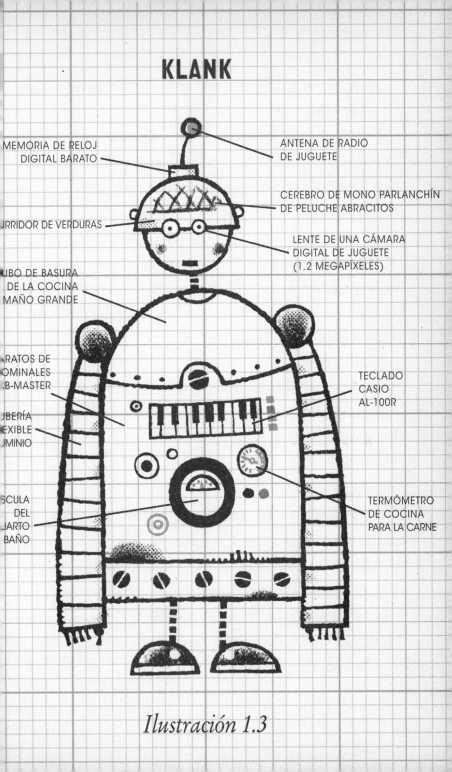

KLANK

MEMORIA DE RELOJ
DIGITAL BARATO

ANTENA DE RADIO
DE JUGUETE

CEREBRO DE MONO PARLANCHÍN
DE PELUCHE ABRACITOS

JRRIDOR DE VERDURAS

LENTE DE UNA CÁMARA
DIGITAL DE JUGUETE
(1,2 MEGAPÍXELES)

UBO DE BASURA
DE LA COCINA
MAÑO GRANDE

RATOS DE
OMINALES
.B-MASTER

TECLADO
CASIO
AL-100R

JBERÍA
EXIBLE
JMINIO

SCULA
DEL
JARTO
BAÑO

TERMÓMETRO
DE COCINA
PARA LA CARNE

Ilustración 1.3

Klank pulsa un pequeño botón que tiene en el costado.

—**Toc, toc** —dice Klank.

—Oh, por lo que más quieras. No empieces otra vez con eso, por favor —dice Klink—. Ya sabía yo que tenía que haberte borrado el disco duro de memoria antes de instalártelo.

—**Toc, toc.**

—Sé que vas a decir algo raro, y después yo lo repetiré añadiéndole «qué». Entonces, tú te vas a reír mucho porque yo habré dicho algo que no quería decir. ¿Por qué lo haces?

—**Toc, toc.**

—No voy a responder.

—**Toc, toc.**

—Bueno, vale. ¿Quién es?

—**Poo.**

—¿Poo qué?

—**No hace falta que me preguntes llorando, ¡solo es una broma!** —Klank se agarra con los brazos y repite el bucle de una risa disparatada—. **¡Ja, ja, ja!**

—¡Ding! —Klink emite un sonido muy curioso y entonces dice—: Gire. A la izquierda. Dentro de. Cien. Metros.

—**¡Ja, ja, ja!**

—¡Vaya, mira lo que has conseguido! Has hecho saltar ese estúpido fallo que tiene mi GPS —dice Klink airado.

—¡Ja, ja, ja! —se ríe Klank en un bucle—. ¡Ja, ja, ja! ¡Ja, ja, ja! ¡Ja, ja, ja! ¡Ja, ja, ja! ¡Ja, ja, ja! ¡Ja, ja, ja! ¡Ja, ja, ja! ¡Ja, ja, ja! ¡Ja, ja, ja!

—Recalculando… ruta…

Klink se da un golpe en la cabeza de cristal con el brazo de tubo de aspiradora.

Frank Einstein rectifica sus propias palabras.

—Esto va a ser increíble… y muy raro.

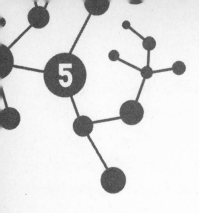

5

ESTABA A PUNTO DE IR A POR TI —DICE EL ABUELO AL—. ¿ACASO estabas en la luna y se te ha olvidado lo que habías ido a buscar al laboratorio?

Frank, de pie en el umbral de la cocina y con las manos vacías, sonríe.

—¿Un tostador? ¿Un electrodoméstico que transforma la energía eléctrica en calor? ¿Una pieza de aluminio así de grande? —le toma el pelo el abuelo Al—. Vale, no te preocupes por eso. Ya lo encontraremos más tarde. Escucha, tengo que ir en la furgoneta hasta la otra punta de la ciudad a recoger algunas cosas de la vieja fábrica que están cerrando. Los idiotas están tirando a la basura unas máquinas perfectamente maravillosas que me gustaría rescatar. ¿Podríais encargaros de la tienda tu amigo Watson y tú mientras estoy fuera, por la mañana?

—Sí, claro —dice Frank, que no deja de sonreír—. Y sí, se me ha olvidado el tostador, pero no te vas a creer lo que he encontrado.

—¿Las llaves de mi camioneta? —trata de adivinar el abuelo Al mientras rebusca por la cocina, se palpa en los bolsillos de su jersey enorme y mira por todas partes en busca de las llaves que ha perdido—. ¿El mando a distancia que falta?

—No... y no —dice Frank—. Permíteme presentarte a... —se aparta de la puerta y mueve la mano hacia Klink y Klank.

El abuelo Al se termina el café de un trago rápido.

—Mmm, eso está fenomenal, Frank, pero ahora mismo no me hace falta la aspiradora ni tampoco el cubo de basura. Lo que necesito son mis llaves.

El ojo de la cámara web se dilata y escanea la cocina.

—Las llaves están colgando del núcleo de esa reproducción del átomo de carbono.

—¡Ajá! Así que están aquí —dice el abuelo Al mientras descuelga las llaves de la lámpara—. Las dejé en el mismo corazón del carbono para que no se me olvidaran. Gracias... —se queda de piedra y, lentamente, se da la vuelta—. ¿Quéeeee...? ¿Acabo yo de...? ¿Acabas tú de...? ¿La aspiradora acaba de...?

Frank se ríe ante la mirada estupefacta de su abuelo.

—¡Sí! Ha sido él. Abuelo Al, te presento a Klink, la primera unidad autoensamblada de inteligencia artificial que sale de los Laboratorios Einstein.

Klink rueda por la cocina y estrecha la mano de Al.

—Verdaderamente encantado de conocerle, señor Einstein. Su fórmula $E=mc^2$ es de lo más perspicaz.

El abuelo Al se lleva ambas manos a la cabeza, con los ojos abiertos como platos a causa de la sorpresa.

—¡Vaya! Vaya. Vaya. Vaya. ¿Me estás tomando el pelo?

Klink gira la campana de cristal que forma su cabeza.

—¿Tengo aspecto de estar tomándole el pelo?

—¡Frank, lo has conseguido! ¡Has construido tu robot capaz de pensar!

—La verdad es que no, exactamente —dice Frank—. Se ha construido él solo. Una chispa perdida lo empezó todo, pero Klink es un robot pensante, autodidacta con una red neuronal.

El abuelo Al se inclina para examinar a Klink.

—Me alegro mucho de conocerte, señor Klink. Tengo que decirte que yo no soy el Einstein famoso, aunque con el paso de los años haya tenido mis pequeños escarceos con la física.

Klank entra de repente en la habitación con sus zancadas plomizas y envuelve al abuelo Al y a Klink en un gran abrazo de aluminio flexible.

—¡Yo también! ¡Yo también! —dice Klank—. ¡Adoro a Al Einstein! ¡Me encanta que la materia se transforme en energía!

—Pero ¿qué...? —dice el abuelo Al, que casi se cae al suelo.

—Ese es Klank —dice Frank—. Más inteligencia artificial autoensamblada.

—Asombroso —dice el abuelo Al, aún envuelto en el entusiasmado abrazo de Klank—. ¿Y se vuelven más y más inteligentes al aprender por sí solos?

—Uno de los dos sí lo hace —dice Klink—. ¡Klank, deja de abrazar!

—Mmm-bip-bip, mmm-bip-bip —responde Klank encantado con el ritmo POLCA 3 mientras libera de sus brazos a Klink y al abuelo Al.

Klink rebusca en su compartimento de almacenaje. Extrae las piezas del tostador y recupera un esquema para repararlo.

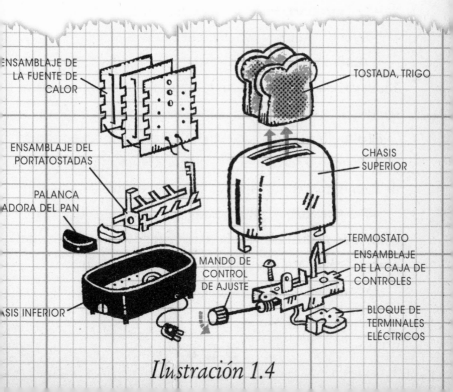

Ilustración 1.4

En un torbellino de movimientos precisos y motorizados, Klink vuelve a ensamblar el tostador en diez segundos exactos.

El abuelo Al enchufa la máquina y pulsa la palanca. La fuente de calor emite un zumbido y enseguida adquiere un tono anaranjado como para tostar el pan.

—Estupendo —dice el abuelo—. ¿Qué más sabéis hacer, jovencitos?

Klank agarra la lata de café de la encimera de la cocina. La espachurra hasta convertirla en un amasijo de metal arrugado y café molido. Muestra una bola de aluminio, acero y cinc.

—**Estupendo, ¿sí?** —dice Klank.

—Bueno... —empieza a decir el abuelo Al.

—Tenemos que trabajar eso —dice Frank—. Muy bien, Klink y Klank, salgamos ahí fuera a probar algunos experimentos.

El abuelo Al hace un gesto de asentimiento, pero luego guarda un extraño silencio. Echa un vistazo por la ventana de la cocina y comprueba la calle del centro de Midville.

—Frank —dice—. ¿Recuerdas que hablamos de que hay gente que utiliza la ciencia para aprender más acerca del mundo, y gente que la utiliza por el poder y el dinero?

—Claro que lo recuerdo —dice Frank.

—Eres un científico asombroso, pero has de tener cuidado. Otra gente de ahí fuera podría querer utilizar tu ciencia y estos robots para quién sabe qué.

—Venga, abuelo, te preocupas demasiado.

—Bueno, es que ya he visto demasiado. Conocí a algunos de los hombres que trabajaron en la división del átomo —el abuelo Al da unos toquecitos en las luces del centro de la lámpara del átomo de carbono—. Descubrieron cómo liberar grandes cantidades de energía disparando un neutrón contra un átomo que, entonces, se dividía en otros átomos más pequeños y se producía una reacción en cadena de neutrones que dividían otros átomos y generaban una energía desbocada.

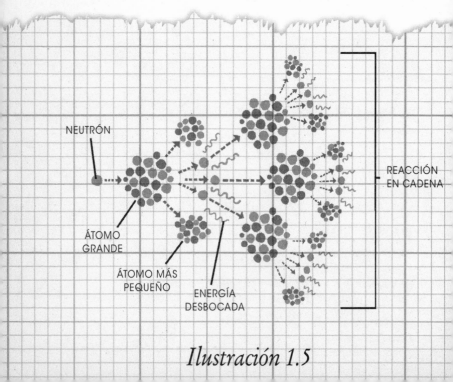

Ilustración 1.5

Klink dibuja un diagrama de una reacción nuclear.

—Sí, yo puedo hacer eso.

—¡No! —el abuelo Al sujeta la mano de Klink antes de que pueda empezar a ensamblar nada—. De eso estoy hablando. El disparo de un neutrón minúsculo contra un átomo grande puede crear algo útil, como una central que genere electricidad. Pero también puede crear algo increíblemente destructivo, como una bomba atómica.

Klank se presenta voluntario.

—**Yo puedo combinar las cabezas de unas cerillas con amoniaco para fabricar una bomba fétida.**

—¡Sí! / ¡No! —dicen Frank y el abuelo Al justo a la vez.

—Oh, sí, claro que puede —informa Klink—. Basta con que mezcle H_2S con $2NH_3 \rightarrow (NH_4)_2S$.

El abuelo Al le arrebata a Klank la caja de cerillas que este ha sacado de un cajón.

—La ciencia está bien. Es la peste lo que no queremos.

—Lo comprendo, abuelo. Tendremos cuidado y vigilaremos por si viene algún científico con aspecto sospechoso. Pero esto va a ser la booomba.

El abuelo Al observa cómo los dos robots examinan la cocina y se fijan en todos los detalles.

—Bueno, seguro que ganas el Premio de Ciencias de Midville cuando aparezcas con estos dos amigos.

—Ya lo he pensado, y creo que no puedo presentarlos al concurso. No los he hecho yo exactamente. Se han hecho ellos solos —Frank sostiene en alto su cuaderno de laboratorio—. Pero no importa, porque tengo otro millón de inventos con los que ellos me pueden ayudar.

—Oh, cielos —dice Klink con una voz más robótica de lo normal—. Me muero de ganas.

Frank mira al robot más pequeño con cara de sorpresa.

Klink hace como si no viera que Frank le mira con una ceja arqueada.

—¡Oh, cielos! —dice Klank.

—Muy bien —dice el abuelo Al, que no sonaba en absoluto convencido de que todo fuera a ir bien—. Tú solo ten cuidado. Me voy a recoger esas máquinas y volveré hacia el mediodía. ¿Estaréis bien Watson y tú hasta entonces?

—¡Watson! —dice Frank—. Qué ganas tengo de ver la cara que pone Watson.

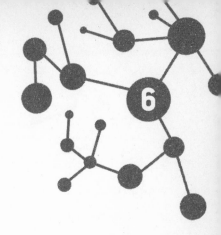

LA CARA QUE PONE WATSON ES ALUCINANTE.

Por una parte, de sorpresa; por otra, de temor; con una leve sonrisa y una pizca de incredulidad.

—No. Puede. Ser —dice Watson muy despacio, con la boca abierta y la mochila aún colgada al hombro—. Robots que funcionan.

—Sí, robots que funcionan —dice Frank, que está sentado en lo alto de la mesa de picnic junto a la pila de cachivaches del patio trasero del abuelo Al, tomando notas en su cuaderno de laboratorio—. Robots inteligentes que funcionan.

—¿Qué hace el pequeño con esas pilas y el monopatín?

—Construye un monopatín de levitación magnética. Los polos norte y sur de los imanes se atraen y repelen con los demás polos magnéticos norte y sur y hacen que flote el monopatín.

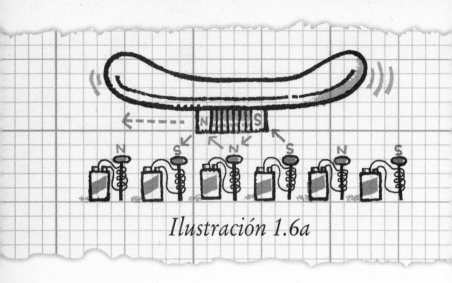

Ilustración 1.6a

—Asombroso.

Frank asiente.

—Vale —dice Watson—. El grandote acaba de subirse en el monopatín y lo ha hecho pedazos. No tan asombroso.

—No te preocupes —dice Frank—. Todo forma parte del plan.

Ilustración 1.6b

Ahora es Watson quien asiente.

—Y ese es el motivo de que el tío-aspiradora esté fundiendo todo lo que hay en ese montón con un rayo láser, ¿no?

—Aprender. Aumentar la inteligencia por medio de la experiencia. Identificar los metales a través de su punto de fusión —responde Frank.

—Y el hombre-cubo de basura, ¿por qué se come unos clavos, unos neumáticos de bicicleta y unas cintas de vídeo y después se ríe?

Frank toma una nota más.

—Vale, eso no lo sé con seguridad... pero si fuera tú, yo no les pondría esos apodos. Los dos son un poco sensibles, digamos.

Watson se queda mirando a Frank con esa expresión suya de un *¿Quéeeee?* total y disparatado.

—¿En serio? —Watson mira cómo Klink derrite un mazo y lo convierte en un charco de metal líquido.

—Impresionante experimento de cambio de estado de la materia —apunta Frank—. Sólido a líquido.

—Oh, cielos —dice Watson, que por fin deja caer su mochila al suelo—. Esto me recuerda a tu invento de los zapatos eléctricos. Una idea genial... hasta que fueron mis zapatos lo que se derritió. Puedo ver cómo este plan de los robots acaba de un modo aún más terrible, y cómo yo pierdo algo más que los zapatos. Un brazo. O una pierna. ¡O la cabeza!

—Watson, te preocupas demasiado.

—¿Me preocupo demasiado? Ni siquiera he empezado a preocuparme. ¿Y si esos dos robots se vuelven locos? ¿Y si vuelven su inteligencia y sus poderes en nuestra contra? Eso pasa constantemente en las películas de robots.

Frank hace otra comprobación en su cuaderno y lo cierra.

—No hay ningún problema. Observa esto. ¡Klink, Klank, venid aquí!

El robot más pequeño deja el ventilador de techo que estaba examinando. El más grande deja caer el motor de coche que estaba levantando con gran esfuerzo, se tropieza con un nido de cables viejos, se cae sobre un triciclo y lo espachurra por completo. Ambos robots se desplazan hasta la mesa de picnic gracias a sus motores.

—Klink y Klank, este es Watson. Decidle hola a Watson.

—Oh, por lo que más quieras —le dice Klink a Frank—. Suena como si estuvieras hablando con un cachorrito bobo que se acaba de mear en la alfombra —se gira hacia Watson—. Hola, Watson.

—¡Hola a Watson! —atruena Klank.

Frank saca un libro de su bata de laboratorio y lo muestra en alto.

—¿Lo habéis leído?

Klink toma el ejemplar de *Yo, robot* con una de sus pinzas. Pasa rápidamente las páginas y las escanea con su cámara web.

—Ahora sí —dice, y le devuelve el libro a Frank.

—¿Klank? —pregunta Frank.

—**Mmm... yo me he leído los X-Men, el libro Guinness de los récords y uno del Capitán Calzoncillos.**

Watson se ríe.

—¿En serio? ¿Cuál?

Klank piensa. O intenta pensar. Frank y Watson oyen algo que da vueltas —con esfuerzo— en el interior de la cabeza perforada de Klank. Se oye un pequeño *¡bing!*, y Klank grita:

—**¡Ah, ese del profesor Pipicaca!**

—*El Capitán Calzoncillos y el perverso plan del profesor Pipicaca* —dice Watson—. Ese sí que es bueno.

—¿Qué? —dice Frank.

—El profesor Pipicaca es un científico e inventor incomprendido —le explica Watson.

—¿En serio? —cuestiona Frank.

—**¡Sí, de verdad lo es!** —confirma Klank—. **¡Inventa una máquina para encoger! ¡Es el Cerdoencogetrón 2000! ¡E inventa una máquina para agrandar! ¡El Gansoestirotrón 4000!**

—Y se vuelve loco —añade Watson—, y se hace malvado porque todo el mundo se burla de su nombre y nadie presta atención a sus brillantes inventos.

—No, lo digo muy en serio, dejad de hablar de Pipicaca.

—**También construye un Ratacorretón 2000 muy ingenioso...** —añade Klank.

—¡Basta! —grita Frank—. Estoy tratando de llevar a cabo una demostración científica.

—**Correcto** —dice Klink.

—**¿Qué?** —dice Klank.

Frank mete las manos en los bolsillos de su bata de laboratorio.

—Bien, en *Yo, robot,* de Isaac Asimov, las tres leyes de la robótica... —comienza a decir Frank, pero Klink termina su frase.

—**Son:**

»Primera Ley: un robot no puede hacer daño a un ser humano, ni permitir que un ser humano sufra algún daño por no ayudarle.

»Segunda Ley: un robot debe obedecer las órdenes de los seres humanos, salvo si esas órdenes quebrantan la primera ley.

»Y Tercera Ley: un robot debe proteger su propia vida siempre que eso no quebrante la primera o la segunda ley.

—¿Y juráis vosotros, Klink y Klank, obedecer siempre las tres leyes de la robótica de Isaac Asimov? —pregunta Frank.

Las luces LED de Klink parpadean en blanco y azul.

—¿Qué crees que somos? ¿Simples máquinas? Por supuesto que obedecemos las tres leyes de la robótica.

—**Sí, claaaro** —dice Klank—. ¿Qué crees que somos? —repite lo que ha dicho Klink. Más o menos—. **¿Cocoliso Cacapipí? Por supuesto que obedecemos las tres leyes de la robótica.**

Watson se ríe.

—Muy bien —dice Frank—. Por favor, Klink, dispara tu rayo láser a esa muñeca.

Un rayo de luz roja sale disparado del cuerpo de Klink. Al instante, el rayo derrite la cabeza sonriente y horripilante de una muñeca que había en la basura, y la convierte en un charco pegajoso de plástico rosa.

—Perfecto —Frank toma nota en su cuaderno, se pone en pie y se aparta de Watson un par de pasos—. Ahora, hazle lo mismo a la cabeza de Watson.

Klink gira su rayo láser.

—¡Oye! ¿Qué? ¡Nooooo! —chilla Watson, que se cubre la cabeza con ambos brazos—. ¡Esto es eso tan terrible que te he dicho que pasaría!

Klink dispara un rayo de luz verde que acierta en la frente de Watson.

—¡Noooooo! ¡Aaaaah!... Oye... Mmm... Qué bien sienta esto. ¿Qué es?

—Una Leve Manipulación Energética de Ondas Cerebrales Positivas que acabo de inventar —dice Klink.

Frank toma otra nota.

—¡Klank!

Klank da un respingo de sorpresa.

—¡¿Qué?!

—Levanta esa bañera de hierro, tíratela encima y hazte añicos con ella.

Klank se acerca a la bañera con unas zancadas plomizas y la levanta por encima de la cabeza. La deja caer justo... detrás de él.

—Segunda Ley, Primera Ley y Tercera Ley —apunta Frank.

—No hacía falta que le dijeras que me disparase a la cabeza —dice Watson.

—No es nada personal —dice Frank con una leve sonrisa—, pero me he imaginado que, si no funcionaba el experimento, sería mejor perderte a ti que a mí.

Watson se rasca la cabeza.

—Si no tuviera ahora mismo unas ondas cerebrales tan positivas, estaría muy enfadado contigo, pero vale, esto es asombroso —de repente, a Watson se le ocurre una idea—. ¡Y seguro que ganas el Premio de Ciencias con estos dos como proyecto!... Si es que no lo gano yo con mi Chicle de Mantequilla de Cacahuete.

Frank niega con la cabeza.

—Qué va, no quiero ganar el premio con unos robots que no he hecho yo en realidad —le muestra su cuaderno y sonríe—. Se me tiene que ocurrir algo que sea todavía más grande y más descabellado.

A Klank se le ilumina la mirada.

—¿Un Chicle Doble de Mantequilla de Cacahuete?

—Oh, cielos —añade Klink.

—Tiene que ser verdaderamente grande —dice Frank—. Tan grande que cambie el mundo.

Se abren de golpe las portezuelas del reloj de cuco que hay sobre la puerta de la tienda.

Aparece el pequeño cuco y grazna:

—¡ALERTA! ¡ALERTA! ¡ALERTA!

—Es el detector de movimiento que acabo de conectar —dice Frank—. Ha entrado alguien en la tienda. ¡Klink, Klank, escondeos!

—¡ALERTA! ¡ALERTA! ¡ALERTA! —canta el cuco reconectado de Frank—. ¡ALERTA! ¡ALERTA! ¡ALERTA!

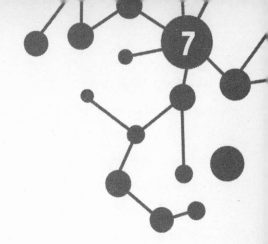

KLINK RUEDA HASTA COLOCARSE AL LADO DE UNA BICICLETA RETORCIDA, un radiador viejo y una cortadora de césped oxidada. Flexiona su brazo de tubo sobre la cabeza y se queda inmóvil, disfrazado ahora de aspiradora rota.

—¿**Escondernos?** —dice Klank—. ¿**Qué es esconderse?**

—**Fingir que eres una máquina rota del tipo que sea** —responde Klink sin moverse.

Klank se dirige hasta la pared del garaje con paso decidido. Con un golpe de kárate, parte por la mitad un bidón de doscientos litros y se cubre la cabeza con una de las dos mitades. Se sienta junto a una lavadora estropeada.

Frank y Watson se detienen ante la puerta trasera de la tienda.

—¿Qué estás haciendo? —le pregunta Frank.

—**Soy una secadora** —dice Klank con una voz que retumba dentro del bidón.

Watson examina lo que se parece bastante a un robot con medio bidón de doscientos litros en la cabeza.

—Buen intento.

—¡ALERTA! ¡ALERTA! ¡ALERTA! —avisa el cuco una última vez, luego desaparece en el interior de su casita tallada en madera, y se cierran las portezuelas.

Frank y Watson se apresuran a entrar en la tienda taller Arreglalotodo del abuelo Al.

—¿Hola? —vocea Frank en la penumbra de la tienda—. ¿Puedo hacer algo por usted?

Nadie responde.

Frank y Watson estudian los pasillos y las estanterías. Las hileras de relojes antiguos, cámaras y saxofones, máquinas de escribir, calefactores y grabadoras parecen moverse por sí solas al vaivén de la luz del taller, pero allí no hay nadie.

Por gestos, Frank indica a Watson que vaya a comprobar la puerta principal. Él se agacha y mira detrás del mostrador.

Nada.

Watson mira a través del escaparate. Las aceras del centro de Midville están prácticamente desiertas, como suelen estar ahora, desde que alguien empezó a comprar edificios y a echar de allí a los comerciantes.

Estudia la calle en busca de todos los detalles tal y como él sabe que haría Einstein. Ve a un hombre mayor con un abrigo negro y largo que espera en la parada del autobús; a una mujer rubia que luce un elegante gorro de pieles y pasea a un perro pequeño de pelo largo; una botella de agua de plástico azul vacía en la alcantarilla.

Nada sospechoso.

—¡Todo despejado! —grita Watson a Frank, y añade un «¡Leñe!» cuando se da la vuelta y se encuentra a Frank justo a su lado—. ¡Odio cuando haces eso!

—¿Nada?

—Nada —dice Watson—. Debe de pasarle algo raro a tu detector de movimiento. Aquí dentro no hay nadie.

Frank examina el desorden de tocadiscos, radios y televisiones antediluvianas que el abuelo Al recoge como si de viejos amigos se tratase. Detecta un detalle que no cuadra: un par de zapatos del treinta y siete con la punta de otro color apenas visible por debajo del viejo gramófono.

—Mi detector de movimiento está perfectamente —dice Frank—, porque la persona que lo ha hecho saltar se encuentra justo detrás de ese gramófono. Sal de ahí, Edison.

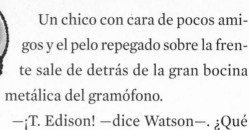

Un chico con cara de pocos amigos y el pelo repegado sobre la frente sale de detrás de la gran bocina metálica del gramófono.

—¡T. Edison! —dice Watson—. ¿Qué haces tú husmeando por la tienda del abuelo Al?

—Cálmate, Inspector Gadget —dice Edison—. Pasaba por el barrio. El letrero dice que está abierto. He entrado a... para... mmm... para que me arreglen el reloj. Sí, eso es. Mi reloj.

—Ya —dice Watson.

—También quería desearos suerte en el concurso de mañana, cerebritos. ¿Qué tenéis? No, esperad, dejadme adivinarlo: ¿una maqueta de un volcán que entra en erupción con bicarbonato sódico?

—¡Ja! —dice Watson—. Qué mal se te da adivinar.

—¿Un coche propulsado por pedos de vaca?

—Qué más quisieras tú. Te crees que eres tan listo...

—Sé que soy muy listo —dice Edison—. Soy un genio.

—No te creerás tan genio —dice Watson airado— cuando veas que Frank Einstein ha hecho...

Frank se apresura a taparle la boca a Watson, antes de que suelte una sola palabra más.

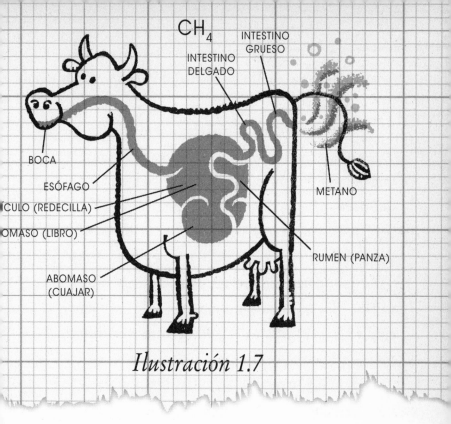

CH$_4$

INTESTINO
GRUESO

INTESTINO
DELGADO

BOCA

ESÓFAGO

ÍCULO (REDECILLA)

OMASO (LIBRO)

ABOMASO
(CUAJAR)

METANO

RUMEN (PANZA)

Ilustración 1.7

—¿Qué estás haciendo aquí realmente, Edison? —le pregunta Frank—. Tú nunca llevas reloj.

—Conque sí, ¿eh? Pues si de verdad lo quieres saber, don Listo, he venido a ver mi nueva tienda Arreglalotodo, el taller que va a pasar a manos de la compañía de mi familia cuando tú no ganes el Premio de Ciencias y tu abuelo no pueda pagar las facturas, y entonces, según nuestro acuerdo, lo pierda todo en mi favor.

—Eres un embustero —dice Watson.

—El que lo dice lo es —responde Edison.

Frank echa una miráda alrededor del taller de su abuelo, su lugar favorito.

—Eso no va a pasar. El abuelo Al jamás lo permitirá.

—Ah, ¿no? —dice Edison—. Tal vez te interese mantener una reunión con mi jefe de contabilidad para ver qué tiene él que decir al respecto —Edison levanta la vista hacia las sombras de las estanterías más altas llenas de aparatos olvidados y electrodomésticos estropeados, y grita—: ¡Mr. Chimp!

Se oye un traqueteo, el crujido de una estantería en lo alto. Una silueta pequeña y oscura salta a la luz y aterriza junto a Edison con el sonido del golpe de unos pies descalzos contra el suelo de cemento.

Es el jefe de contabilidad, Mr. Chimp, que es en realidad un chimpancé vestido con unos pantalones grises de raya diplomática, una camisa blanca y una corbata con rayas diagonales de color negro y dorado. Y sin zapatos.

—Muéstrale el documento —dice Edison.

Mr. Chimp entrega a Frank una hoja de papel grueso cubierta de sellos y timbres oficiales de Midville. Frank lee la escritura por encima, ve la firma de su abuelo Al garabateada al final y, con un gran pesar, es consciente de que Edison está diciendo la verdad.

Mr. Chimp recupera la escritura y hace unos signos con las manos:

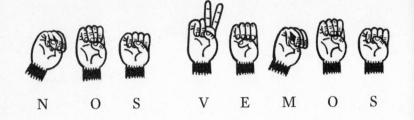

N O S V E M O S

—No hagas eso —le dice Edison a Mr. Chimp—. Yo soy el jefe, y yo digo cuándo nos vamos. Si alguien dice «nos vemos» aquí, ese soy yo.

Watson se queda mirando fijamente a Mr. Chimp.

—¿Acaba de deletrear «nos vemos» en lengua de signos?

—No le muestres apoyo —dice Edison—. Acaba de aprender los signos de las letras con las manos gracias a un libro que había cerca de su jaula en el laboratorio, y ahora se cree que es la bomba.

Mr. Chimp signa:

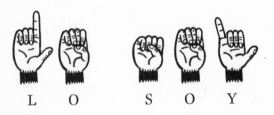

L O S O Y

Edison frunce el ceño.

—Deberías estar signando cuánto te alegras de que te haya rescatado de ese laboratorio donde prueban productos con animales, y lo afortunado que eres de que te permita usar mis ordenadores para tu *software* de contabilidad.

Mr. Chimp se apoya en un viejo aparato de radio. Saca una cajita metálica del bolsillo de los pantalones, coge un palo muy fino y lo introduce por un orificio en la tapa de la cajita.

Watson lo mira ahora con los ojos como platos.

El chimpancé saca el palito cubierto de hormigas que se mueven arriba y abajo, y le da un sorbetón a su aperitivo de hormigas en el palito mientras hace ruido con los labios. Con cuidado, desliza la cajita de hormigas de vuelta en el bolsillo y signa:

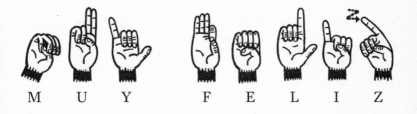

—«Muy feliz» está bien, tragaplátanos —dice Edison—. Ahora, vámonos de aquí.

Mr. Chimp mira a Edison con una expresión que resulta imposible interpretar. Podría estar feliz. Podría estar triste. Podría estar planeando un asesinato... o pensando en cómo pagar las nóminas. Nadie lo sabe excepto Mr. Chimp. Pero él no habla. Ni tampoco signa.

—¡Cierto! —dice Edison. Entonces, de repente, se pone a dar palmaditas en la espalda a Watson, con torpeza y con insistencia. Dos veces—. Muy bien, ¡nos vemos!

—¡ALERTA! ¡ALERTA! ¡ALERTA! —canta la alarma-cuco cuando Edison y Mr. Chimp abren la puerta principal.

—Menudo idiota —dice Watson mientras ve cómo el chico y el chimpancé se suben a una larga limusina negra que arranca y se aleja de la acera.

—Pues sí —dice Frank—, pero es un idiota peligrosamente listo, así que está muy bien que no haya podido ver a Klink y a Klank.

—Desde luego —dice Watson—. Y qué mono tan siniestro.

—Simio —le corrige Frank.

Sin embargo, no hay ninguna discusión sobre el adjetivo *siniestro*.

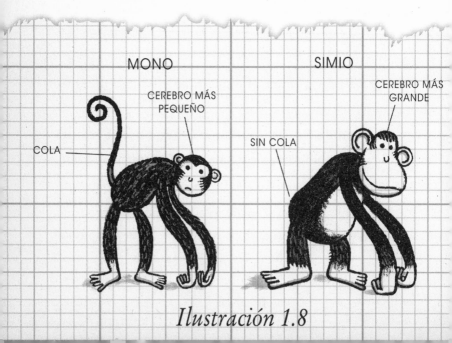

MONO SIMIO

CEREBRO MÁS PEQUEÑO

CEREBRO MÁS GRANDE

COLA

SIN COLA

Ilustración 1.8

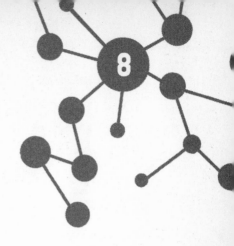

FRANK EINSTEIN SACA UN DESTORNILLADOR DE ESTRELLA DE UN BOLSILLO de su bata de laboratorio y modifica rápidamente el cableado del botón del timbre de la puerta del taller. Acto seguido presiona el botón para comprobar sus conexiones.

El pez de plástico recién conectado que hay sobre una placa en la pared del laboratorio de Frank mueve de repente la cabeza de un lado a otro y empieza a cantar «WE ARE THE CHAMPIONS».

Watson escucha la canción que suena en el laboratorio y asiente.

—Mola.

Frank le da la vuelta al cartel de la puerta de la tienda, de ABIERTO a LLAME AL TIMBRE, y cierra con llave la puerta para mantener a raya a cualquier otro visitante no deseado.

—Ahora, a trabajar —dice—. Tenemos un premio que ganar.

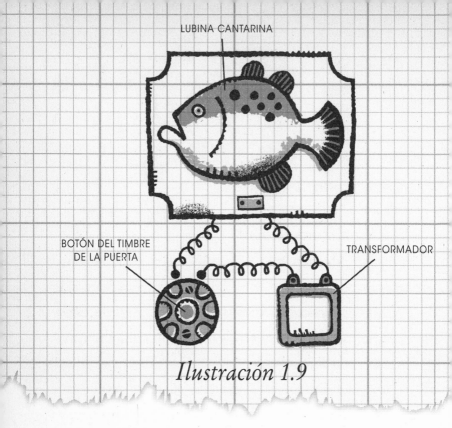

LUBINA CANTARINA

BOTÓN DEL TIMBRE
DE LA PUERTA

TRANSFORMADOR

Ilustración 1.9

Watson y él salen de la tienda y regresan al patio.

—¡Klink, Klank, al laboratorio!

Klink cobra vida y rueda rápidamente hacia Watson y Frank.

Klank lanza por los aires su disfraz de tambor de secadora, se apresura a cruzar el patio y por el camino arrastra un barullo de cables de cobre enrollado en la pierna izquierda y una manguera verde de jardín alrededor de la pierna derecha.

En el laboratorio, Frank se sitúa frente a su Muro de la Ciencia, que está empapelado con cientos de sus planos, ideas, bocetos, notas, inventos, garabatos y fotografías de sus científicos favoritos.

Klink, Klank y Watson miran a Frank y al Muro.

Frank comienza a pasearse arriba y abajo, tal y como él hace cuando piensa de verdad.

—Muy bien. Esto es lo que tenemos. Toda la ciencia. Todos y cada uno de los fragmentos que constituyen el mundo y el modo en que este funciona. Desde la porción más pequeña de materia hasta el más gigantesco espacio exterior de tropecientos millones de universos tal vez. Pero antes, necesito el invento más chulo para ganar el Premio de Ciencias de Midville. Klink y Klank, vamos a necesitar hasta el último ápice de vuestra inteligencia robótica.

—Sí —dice Klink—. Estoy seguro de que la necesitaréis.

—Oh, cielos. Oh, cielos —dice Klank—. ¿Vamos a hacer un volcán con lava de bicarbonato sódico?

—No —dice Frank.

—¿Vamos a recoger pedos de vaca?

Frank se pasea.

—Podría ser una buena idea... pero ahora mismo no.

Klank emite crujidos y zumbidos durante un minuto.

—¿Vamos a construir un Cerdoencogetrón 2000?

—Por favor, no empieces otra vez con el profesor Pipicaca —dice Klink con un bip.

—Vamos a necesitar algo descabellado —dice Frank—. Algo nuevo. Algo *asombroso*.

Watson suelta su mochila sobre la mesa de trabajo.

—Podemos utilizar mi proyecto.

—Gracias por la oferta, Watson, pero...

Watson saca una tarrina de plástico llena con un pegote de color marrón.

—Es nuevo, y es asombroso. Significará para la mantequilla de cacahuete lo mismo que los hermanos Kellogg significaron para los copos de maíz.

—¡Sí! —dice Klank con un bip.

—Lo que Goodyear significó para el caucho.

—¡Sí, sí! —dice Klank con un bop.

—¡Lo que Walter Diemer significó para el chicle!

—**¡Sí...! Espera un momento. ¿Quién?** —dice Klank con un blip.

Klink busca en su base de datos en un nanosegundo.

—**Contable de Filadelfia, Estados Unidos. Inventor del chicle. 1928. Maximizó la elasticidad de la goma de mascar para que los globos se hicieran mejor.**

Watson arranca un trozo grande de su pegote marrón y lo muestra en alto, a la luz.

—Sí. ¡Ganaremos el premio, asombraremos al mundo y salvaremos la casa del abuelo Al de las manos de Edison y su simio! Es el más concentrado, el más delicioso y sorprendente del universo... ¡el Chicle Watson de Mantequilla de Cacahuete Más Fuerte del Universo!

—Gracias por una oferta tan generosa —dice Frank—, pero...

Klank se sacude la manguera verde de la pierna.

—**¿El más delicioso? ¿Sorprendente? ¡Sí, yo quiero un Chicle Watson de Mantequilla de Cacahuete Más Fuerte del Universo!** —dice Klank y le arrebata el pegote a Watson de la mano.

Frank grita:

—¡Klank, no...!

Sin embargo, antes de que nadie se lo pueda impedir, Klank introduce el trozo de chicle por su ranura de conexión.

—**Mmmmmmm** —dice Klank.

Su disco duro gira con fuerza.

—**Urrrrrrk**.

La cabeza de Klank empieza a calentarse. Los ojos le dan vueltas de un modo gracioso.

—**Quaaaaaaaaaa** —se queja Klank.

El ventilador de su cerebro gira como un loco. Los conmutadores y relés hacen *clic,* rozan y golpetean. Klank se tambalea. Se apaga. Se inclina, pierde el equilibrio y se estampa contra el suelo con un metálico y sonoro *¡claaaaaaaanc!*

—**Sorprendente** —dice Klink con su voz más inexpresiva de GPS.

Frank y Watson se apresuran a sentar a Klank y a apoyarlo contra la mesa de trabajo. Frank coge sus herramientas, desenrosca la tapa del cerebro de Klank y le abre la cabeza.

En medio de todo aquel jaleo, nadie se fija en un pequeño dron con forma de insecto metálico que se enciende y despega justo del lugar donde Edison le había dado unas palmaditas a Watson, en el hombro. Dos veces.

El Insectodrón sale volando hasta la viga central del techo, aterriza, extiende sus antenas de retransmisión y apunta su cámara de ojos compuestos hacia abajo, al laboratorio de Frank.

En el suelo, Watson y Frank retiran el desastre de color marrón de los engranajes, ruedas y discos del cerebro de Klank.

Watson tira de una porción alargada de chicle. Tira, tira y tira hasta que se suelta de golpe de la cabeza de Klank. Frank examina los dos muelles pequeños y el tornillo que aún quedan pegados al Chicle Watson de Mantequilla de Cacahuete Más Fuerte del Universo.

Watson se encoge de hombros.

—Ya te he dicho que era fuerte.

9

FRANK CIERRA LA TAPA DEL CRÁNEO DE KLANK. APRIETA EL TORNILLO del pasador, se asegura de que el panel del cerebro está bien cerrado y pulsa el botón de encendido SEC-CIÓN RÍTMICA del teclado.

El teclado Casio que sirve a Klank de corazón y motor se inicia con un pequeño *bing*.

El cerebro de mono Abracitos comienza a girar. *Zzzzzzzzim-mmmm*.

Klank se enciende: ojo izquierdo, ojo derecho, antena.

Frank dirige su linterna hacia la ranura de ventilación del cuello de Klank para comprobar el funcionamiento del giro del disco de su cerebro. Mueve un dedo de un lado a otro delante de las lentes oculares de Klank para comprobar si lo siguen.

—Klank, ¿puedes oírme?

—**¿Puedo oírte? ¿Por qué debería oírte?** —pregunta Klank—. ¿Por qué zumban las abejas?

—Oh-oh —dice Watson—. Me parece que nos lo hemos cargado de verdad.

Klink busca ZUMBIDO DE ABEJAS entre los contenidos de su memoria e informa:

—Las abejas baten un par de alas delanteras y un par de alas traseras a razón de doscientas treinta veces por segundo. Su musculatura está unida directamente a las alas. Las baten siguiendo distintos patrones para volar, descender en picado o quedar suspendidas en el aire. La vibración de las alas genera el zumbido.

—**No** —dice Klank—. **Las abejas van zumbando porque no tienen frenos.**

—Rrrrrrrrrr —gruñe Klink—. No es cierto. Recalculando. Recalculando.

—**Ja, ja, ja. Ja, ja, ja.**

—Muy bien —dice Frank—. Está en perfectas condiciones. Volvamos al trabajo.

Frank se cruza de brazos y mira fijamente a su Muro de la Ciencia. Sus ojos recorren aquella maravillosa maraña de imágenes, información, ideas y citas célebres. Está pensando.

Klank se pone de pie a trancas y barrancas. Klink resetea su cerebro de GPS que se ha quedado recalculando. Watson revisa un montón de papeles y encuentra el que estaba buscando.

—Oye, Frank, ¿qué es lo que queremos...?

Los impulsos eléctricos en las células cerebrales de Frank se conectan, se multiplican, forman un patrón, generan una idea.

—¡Eso es! —dice Frank—. Exacto, Watson. ¿Qué queremos? Trabajaremos a partir de ahí —Frank comienza de nuevo a pasearse—. Primero, como es obvio, ganar el Premio de Ciencias de Midville, pero, lo que es más importante, queremos dominar toda la ciencia. El término procede del vocablo en latín para designar el conocimiento. Queremos toda la ciencia. Todo el conocimiento. Klink y Klank, vuestros cerebros hacen que esto sea posible.

Aristóteles

—**Obviamente** —dice Klink.

—**Uuu-bi-du-bi-du** —tararea Klank.

Frank señala una ilustración de su Muro de la Ciencia.

—Igual que este hombre, Aristóteles. Él deseaba la ciencia de todas las cosas.

Watson le responde:

—No...

MATERIA

—Tienes razón, Watson —dice Frank—. No se trata de Aristóteles. Vamos a dividir toda la ciencia en seis áreas. Después, estudiamos cada área con Klink y Klank ¡y lo aprenderemos todo! —Frank pincha un símbolo en la esquina superior izquierda del Muro—. Primero, la materia. Átomos, moléculas, elementos, compuestos. Los estados de la materia. De qué están hechos los átomos: protones, neutrones y electrones. Y antimateria.

Watson levanta una mano.

—Sí, pero...

—Pero ¿qué pasa con la energía? —pregunta Frank—. Exacto. Eso es lo siguiente, Watson —pincha un segundo símbolo en la parte alta del Muro, al lado del primero—. Energía. Es lo que hace que toda la vida sea posible. Estamos vivos porque la energía que procede del sol se convierte en alimento... que nosotros volvemos a convertir en una energía

ENERGÍA

que lo mueve todo en nuestro cuerpo. Y está la luz, el sonido, el movimiento, el magnetismo, la electricidad; todos los diferentes tipos de energía. Después están las Fuerzas, las Leyes del Movimiento. ¡Todo cuanto sabemos gracias a Sir Isaac Newton!

Klank oye mencionar el nombre de Newton y salta:

—**Newton un día las judías se comió, tuvo un apretón y un cuesco se tiró...**

—**Corta esa cancioncita de inmediato** —dice Klink—. **Eso no es cierto.**

—Entonces... —arranca Watson.

—¿Entonces qué pasa con los seres humanos? Perfecto, Watson. Eso debería ser lo siguiente —Frank pincha un tercer símbolo en la pared—. Ser humano. Cómo funciona el cuerpo humano, todos sus diferentes sistemas. Huesos, sangre, nervios, respiración. El cerebro, los órganos, sentidos, todos los distintos tipos de células...

—No —dice Watson, al tiempo que le muestra el papel que tiene en la mano—. Me refiero a que deberíamos...

—¡Pensar más a lo grande! ¡Estudiar la vida! ¡Todos los seres vivos! —Frank levanta los brazos y se pasea alrededor de la mesa de trabajo. Pincha un cuarto papel—. La vida. Por supuesto, el siguiente paso lógico. Las interrelaciones entre las

plantas, los animales y las personas. Cómo encaja todo en el gran escenario. Cómo organizamos y clasificamos todos los seres vivos. Reptiles, mamíferos, aves e insectos...

—Animales. Plantas. Hongos. Protozoos —canturrea Klink.

Watson observa el Muro de la Ciencia con los ojos guiñados.

—Guau. Tengo que decirte que yo...

—Sí, yo también estoy asombrado —Frank se frota las manos—. Muchísimo. Es tan increíble. Y después, cómo funciona todo esto en nuestro planeta —pincha un quinto papel—. Sí, la Tierra. Continentes, océanos, la meteorología y los climas, tipos de rocas...

Klank se enciende.

—**¡Oye! ¿Cuál es el tipo de música favorito de una roca?**

—Una roca no puede tener un tipo de música favorito. No puede oír la música.

—¡El rock and roll! —Klank se pone a bailar con el ritmo ROCK BEAT 2.

—Mmmmmm —dice Watson, consciente de lo que viene a continuación.

—Brillante —responde Frank, que pincha el sexto símbolo en lo alto del Muro—. Todo. El universo. El lugar que la Tierra ocupa en nuestro sistema solar. Nuestra galaxia, el espacio, otros soles, otros planetas, tal vez incluso otros universos...

Watson se lleva las manos a la cabeza.

Frank gira sobre sí mismo y mira sus gráficos de dinosaurios, aves, peces y mamíferos. Admira sus diagramas de motores de vapor, bombillas y reactores. Repasa sus retratos de Galileo, Charles Darwin y Albert Einstein.

—Cuánta ciencia —dice—. Casi demasiada.

Desde lo alto, el Insectodrón minúsculo apunta el objetivo de su cámara y hace zoom sobre el papel que sostiene Watson.

—Sin duda es demasiada —dice Watson—, porque yo solo quiero saber qué es lo que queremos —muestra el menú de pedidos a domicilio que ha sostenido en la mano durante los últimos veinte minutos— para comer.

—Ah —dice Frank, que aún piensa en materia, energía, seres humanos, la vida, la Tierra y el universo—. Una pizza, probablemente. Y, desde luego que sí, que lleve de todo.

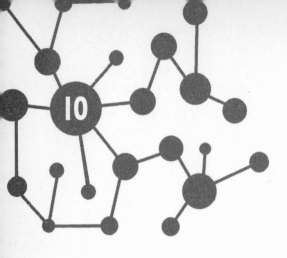

10

WATSON SE HACE CON LA ÚLTIMA PORCIÓN DE PANZAPIZZA Suprema y se da cuenta de que Frank le está mirando.

—¿Qué? ¿La quieres tú?

—No —dice Frank—. Es que siempre me sorprende que comas como una lima y estés flaco como un palillo. Vamos a tener que preparar un experimento contigo cuando lleguemos a los sistemas del cuerpo humano.

—**Pepperoni, champiñones, jamón, aceitunas negras, carne picada, cebolla, pimiento verde, salchicha, queso, pollo, espinacas, beicon… Mmmmm** —dice Klank.

—No —interviene Frank—. Eres un robot. No vuelvas a meterte nada por el puerto de entrada.

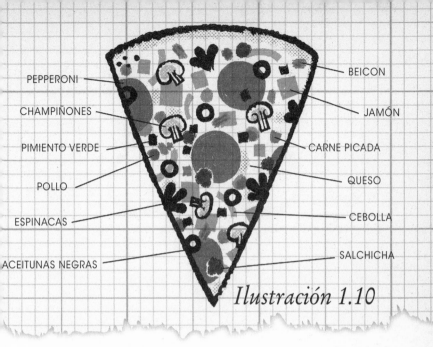

PEPPERONI

CHAMPIÑONES

PIMIENTO VERDE

POLLO

ESPINACAS

ACEITUNAS NEGRAS

BEICON

JAMÓN

CARNE PICADA

QUESO

CEBOLLA

SALCHICHA

Ilustración 1.10

—Dextrosa, sorbato de potasio, almidón de maíz modificado, aceite de soja parcialmente hidrogenado, fosfato de sodio, ácido cítrico, gluconato ferroso, hidroxibutilanisol, hidroxibutiltolueno —añade Klink—. Y colorante amarillo del número cinco.

Frank despliega sus gráficos, diagramas y planos sobre la mesa de trabajo. Klink, Klank y Watson se reúnen a su alrededor.

—Así que, para construir el último grito en proyectos merecedores de ganar un premio, empezaremos con la primera sección de nuestro plan de la ciencia total: la materia, los ladrillos con los que se construye todo. Este papel, esta mesa, esta caja de cartón de la pizza, el pepperoni, el agua, el aire. Sólido, líquido y gas. En el universo, todo está hecho de materia.

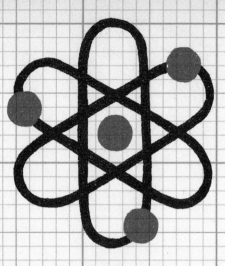

Ilustración 1.11

Watson se termina su porción de Panzapizza Suprema: la masa, el queso, el colorante amarillo del número cinco y todo lo demás.

—Suenas como un libro de texto de ciencias.

—Precisamente correcto —dice Klink.

—**Tengo hambre** —dice Klank.

—Tú no puedes tener hambre.

—**¿Y tú cómo lo sabes?**

—Eres un robot.

—**Y tú también.**

—Sé que lo soy.

—**A lo mejor no lo eres.**

—Eso es ridículo.

—**Sí, lo eres.**

—No, no lo soy.

—**¿No eres un robot?**

—¡Aieeeee! *¡Ding!* Gire. A la. Izquierda. Dentro de. Trescientos. Metros —entona Klink con su peor voz de GPS—. Recalculando —se da un golpe en los circuitos de memoria y se reinicia—. Me gustaría de verdad que no me hicieras eso.

—¡Chicos! —grita Frank—. Basta ya. No tenemos tiempo.

—Sí —prosigue Klink con su voz habitual—. La materia está hecha de unas partículas minúsculas llamadas átomos. Los átomos están hechos de otras partículas aún más pequeñas denominadas protones, neutrones y electrones.

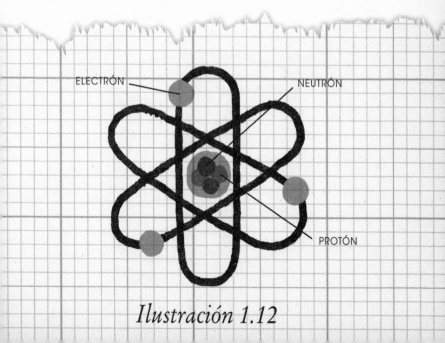

Ilustración 1.12

—Igual que esta pizza está hecha de masa, queso e ingredientes —dice Watson.

—Algo así —dice Frank.

—Entonces ¿vas a hacer una maqueta de un átomo? —trata de averiguar Watson.

Frank se inclina sobre la mesa.

—Watson, por favor. Cualquier crío de segundo curso es capaz de hacer la maqueta de un átomo. Mi invento, mi proyecto, va más allá de la materia... hasta la antimateria.

—Mmmmm —zumba Klink, y cita—: **Antimateria, partículas elementales con la masa de la materia ordinaria, pero con la carga contraria.**

Watson frunce el ceño.

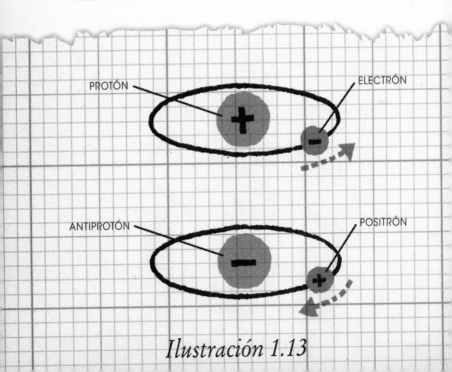

Ilustración 1.13

—¿Ele-cómo? ¿Con qué?

Frank traduce la definición de Klink.

—Los científicos creen que, por cada grupo de partículas pequeñas que forman un átomo, existe otro grupo exactamente igual pero con la carga eléctrica contraria.

—**Los antiprotones y los positrones son las antipartículas de los protones y los electrones.**

—Y aquí viene lo más descabellado: cuando esta antimateria se combina con su materia correspondiente —prosigue Frank—, se produce la aniquilación, y eso libera ingentes cantidades de energía.

—**¿Está deliciosa la aniquilación?** —pregunta Klank.

—**Oh, no empieces con eso otra vez** —se queja Klink.

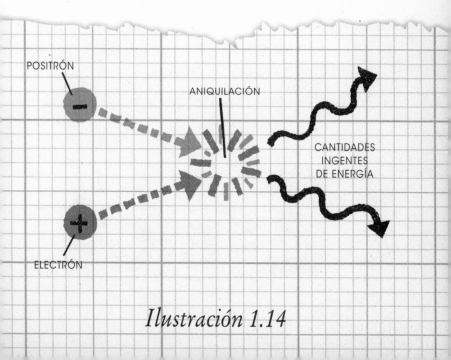

POSITRÓN

ANIQUILACIÓN

CANTIDADES INGENTES DE ENERGÍA

ELECTRÓN

Ilustración 1.14

—En realidad, es una buena pregunta —dice Frank—, porque tú eres una máquina, y necesitas «comer» energía para funcionar. Si somos capaces de perfeccionar mi invento, lo podemos utilizar justo para eso: para alimentar a todas las máquinas del mundo.

—Pero eso será una locura —replica Watson—. Necesitarías mezclar montones de materia y antimateria para mover todas las máquinas del mundo.

Frank sonríe.

—No, eso es lo mejor. Solo es necesaria una porción minúscula de materia mezclada con la misma porción minúscula de antimateria para generar la mayor cantidad de energía.

—Cierto —dice Klink—. El otro Einstein formuló la ecuación que calcula la cantidad exacta de energía a partir de la materia.

—*E* es igual a *mc* al cuadrado —dice Frank—. La cantidad de energía generada se puede calcular multiplicando la masa de la partícula por el cuadrado de la velocidad de la luz.

Ilustración 1.15

Frank coge un trozo de champiñón de la caja de la pizza.

—De manera que, si tuviéramos este champiñón y su anti-champiñón... digamos que su masa es de 1 gramo.

Lo introduce en su calculadora.

—La energía creada a partir de mezclarlos sería de 1 gramo multiplicado por la velocidad de la luz al cuadrado. ¿Cuál es la velocidad de la luz, Klink?

—300.000 kilómetros por segundo.

—Así que lo elevamos al cuadrado —Frank lo calcula—, y 300.000 por 300.000 es igual a... 90.000 millones de kilómetros por segundo al cuadrado. Lo multiplicamos por 1 gramo y así obtenemos ¡90.000 millones de unidades de energía pura a partir de un gramo de champiñón y antichampiñón!

$$\text{Energía} = 1 \times 300.000^2$$
$$\text{Energía} = 1 \times 90.000.000.000$$
$$\text{Energía} = 90.000 \text{ millones}$$

—No tengo ni idea de lo que estás diciendo, ¡pero eso es una cantidad descomunal de energía a partir de un champiñón! —dice Watson.

Frank mira a sus dos nuevos amigos robóticos.

—¿Podemos combinar materia y antimateria?

Klank asiente.

—A ver, ¿no son de color azul metalizado los pitu-fo-robots?

Klink estudia los bocetos y dibujos de Frank. Se pone de inmediato a buscar, escanear y leer todo cuanto es capaz de encontrar acerca de la creación y la aniquilación de antimateria.

—No es imposible —concluye Klink.

—¿Y qué harías tú con toda esa energía? —pregunta Watson.

Frank sonríe.

—Haría mi...

Frank oye un zumbido muy leve, muy bajito y muy mecánico, similar al de un insecto: *zzzzzzzzzz*.

—Espera. ¿Has oído eso?

—¿Oír qué? —responde Watson—. El pez alarma no ha saltado.

Frank hace una pausa, mira a su alrededor y despliega su plano.

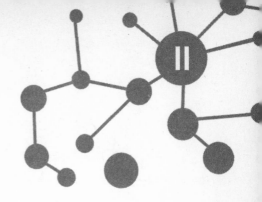

UN CHICO QUE CALZA UNOS ZAPATOS DEL TREINTA Y SIETE CON LA punta de otro color se inclina sobre una mesa negra reluciente y gigantesca sin apartar la vista de uno de los seis monitores de alta definición, la pantalla etiquetada como VISTA DEL INSECTODRÓN.

—¡Ah, cómo odio a este tío! —dice el chico—. Ya es lo bastante malo que haya inventado dos robots fantásticos, pero es que lo único que hace con ellos es charlar: «Bla, bla, bla, que si me gusta la ciencia esto, que si me gusta la ciencia lo otro». Menudo plasta. Menudo idiota.

—*Iiiip miiip* —responde el chimpancé con pantalón de raya diplomática que está sentado ante los controles, junto al chico.

El robot grande de la pantalla dice:

—A ver, ¿no son de color azul metalizado los pitu-fo-robots?

—¿Qué ha dicho?

C H I S T E M A L O

Edison (sí, claro que se trata de T. Edison en su cuartel general, porque la verdad, ¿quién más calza unos zapatos del treinta y siete con la punta de otro color?) mira con mayor atención aún.

—Va a ser difícil ganar a ese par de robots en el Premio de Ciencias. Sin embargo, ¡Frank Einstein no me volverá a llevar la delantera! —Edison da un manotazo contra la mesa—. Un momento. ¿Qué es eso? Están planeando algo más. Acerca la imagen.

M U C H O R U I D O

—No me digas que eso hace mucho ruido, mono cagueta. ¡Acerca la imagen!

Mr. Chimp mueve la palanca de control del panel maestro. La imagen se acerca un montón a Frank Einstein.

En la pantalla, Frank se detiene.

—Espera. ¿Has oído eso?

Mr. Chimp se recuesta sobre el respaldo de la silla de oficina y cruza sus pies enormes, descalzos y peludos sobre la mesa de controles. Saca del bolsillo del pantalón su cajita de metal con hormigas, coge un palillo y lo introduce por el orificio de la tapa.

—¿Oír qué? —responde Watson en la pantalla—. El pez alarma no ha saltado.

Mr. Chimp saca el palillo cubierto de hormigas y le pega un lametón a su aperitivo.

En la pantalla de la VISTA DEL INSECTODRÓN, Frank hace una pausa y despliega su plano.

—No me lo puedo creer —dice Edison—. ¿Es eso lo que yo creo que es?

Mr. Chimp se mete la cajita en el bolsillo de los pantalones y se sacude los restos de unas patas de hormiga de la camisa blanca y la corbata de rayas.

—¡No! —grita Edison—. ¡No, no, no! —va dando golpes a diestro y siniestro en una pataleta, desperdigando papeles y lanzando bolis y lápices por los aires.

Mr. Chimp sujeta la palanca con los dedos de los pies y pasa la cámara del Insectodrón por encima de los planos. A continuación dice con signos:

S Í   L O   E S

—¡Sí, ya sé que es lo que yo creo que es, mono sarnoso! ¡Pero no, esto no puede pasar! ¡Ese paleto de Einstein no puede ganar el Premio de Ciencias!

Mr. Chimp retira los labios y vuelve a enseñar los dientes en lo que un humano podría considerar una sonrisa. Sin embargo, si fueras un chimpancé, sabrías que Mr. Chimp estaba pensando en pegarte un mordisco en la garganta, o en arrancarte un brazo y pegarte con él hasta dejarte sin sentido.

—De modo que Einstein tiene un plan, ¿eh? —dice Edison—. Muy bien, pues yo también tengo un plan. ¡Mr. Chimp, escucha con atención!

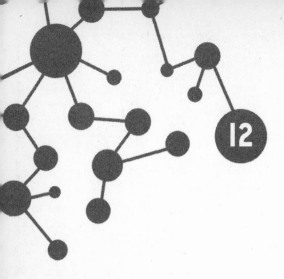

12

KLINK, KLANK, WATSON Y FRANK SE PONEN LAS PILAS. Frank despliega su juego de llaves y su soldador, destornilladores y alicates, sierra de arco y martillo, reglas, pinzas y limas.

Consulta el plano y dirige a su equipo.

Klink imprime planos, diagramas y fórmulas.

Klank trae a rastras desde el patio trozos y piezas de una bicicleta, un cortacésped y una moto: cables, neumáticos, cadenas y engranajes.

Watson recorre el taller y la cocina rapiñando tuercas y tornillos, sacacorchos e imanes.

Frank suelda y conecta, aprieta tornillos y tuercas, da martillazos y lima. Klink y Klank chequean y prueban, vuelven a chequear y vuelven a probar, y después, prueban un poco más.

El tiempo pasa volando sin que nadie se percate de ello.

Hasta que, de repente, el pez de la pared se mueve, gira la cabeza de un lado a otro y empieza a cantar:

—*WE ARE THE CHAMPIONS, WE ARE THE CHAMPIONS!*

—¡Todo el mundo debajo de la mesa! —grita Frank—. Nadie puede saber nada todavía sobre vosotros dos ni sobre nuestro proyecto.

Watson lo tapa todo con una lona azul impermeable y se lanza bajo la mesa con Klink y Klank.

—**Muévete** —dice Klank con un bip—. **Ocupas todo el espacio.**

—**No lo hago** —susurra Klink.

—Dejad de empujar —sisea Watson.

—*¡Sssssshhhh!* —chista Frank justo cuando se abre la puerta del laboratorio y...

—¡Hola, científicos!

Watson, empujado por el pie enorme de Klank, sale rodando de debajo de la mesa.

—Oh, hola, abuelo Al.

—¡Doctor Watson! Me alegro de verte... Vaya, ¿jugando con los robots nuevos?

Watson se pone en pie de un salto.

—Ah, no. Estamos trabajando con alguna cosa para el Premio de Ciencias. He perfeccionado mi chicle de mantequilla de cacahuete. Y espere a ver lo que tiene Frank.

Klink y Klank ruedan, se arrastran y se despliegan desde debajo de la mesa.

—Hola, chicos. Me alegro de volver a veros. ¿Qué habéis estado haciendo esta mañana? Porque algo habréis hecho, tú me dirás.

Klank emite un zumbido, su antena parpadea, y responde:

—**Yo mediré 1,8288 metros, que equivale a seis pies en medidas americanas. Eso he medido toda la mañana.**

—¡Ja! Muy bueno —se ríe el abuelo Al.

—Excepto porque no lo dice en broma —dice Frank—. Habla en serio.

Klink acelera su motor de aspiradora.

—**En realidad, hemos estado combinando átomos y antiátomos para generar energía para el invento de Frank Einstein.**

—¡Ja! Otro muy bueno. Que estáis haciendo vuestro propio colisionador de partículas. Exactamente igual que mis colegas científicos del CERN, que llevan años lanzando unas partículas atómicas contra otras y gastando millones de dólares para conseguirlo —el abuelo Al le guiña un ojo a Watson—. Y vosotros, chicos, lo habéis hecho en un solo día con la chatarra de un taller de reparaciones. Estos robots son más graciosos que un mono con un traje de gitana.

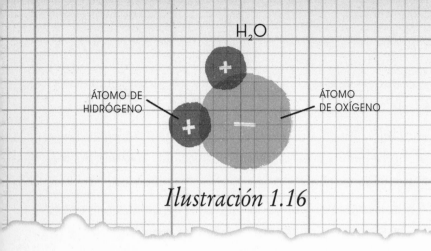

Ilustración 1.16

—Este tampoco lo dice en broma.

Frank retira de golpe la lona azul impermeable que cubre el objeto que hay en el centro de la habitación. Parece una bicicleta del futuro. En lugar de pedales y marchas, tiene un pequeño motor plateado.

El abuelo Al le echa un vistazo y asiente.

—Tu bicicleta voladora. Ya recuerdo cuando estabas trabajando en ella.

—Pero nunca fui capaz de conseguir la potencia suficiente en un motor lo bastante pequeño.

El abuelo Al observa el motor más de cerca, y los ojos se le abren como platos.

—¡No! ¿En serio? ¿Quieres decir, entonces, que tus robots y tú habéis hecho un...?

—Motor antimateria —dice Frank.

El abuelo Al se quita su gorra desgastada de la NASA y suelta un silbido.

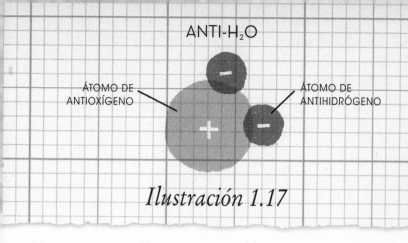

ANTI-H₂O

ÁTOMO DE
ANTIOXÍGENO

ÁTOMO DE
ANTIHIDRÓGENO

Ilustración 1.17

—Vaya, como si no fuera eso la repanocha. ¡Increíble!

—Oh, muy creíble —dice Klink—. Una pequeña cantidad de H_2O combinada con una cantidad igual de anti-H_2O produce...

—¡Cantidades desorbitadas de energía! —se maravilla el abuelo Al.

Frank le muestra un cuentagotas.

—Llegas justo a tiempo para el primer test de funcionamiento. Ya hemos cargado el antiagua que hemos hecho. Ahora, todo cuanto tenemos que añadir es una gota de agua.

El abuelo Al pone la mano sobre el brazo de Frank.

—Frank, esto es verdaderamente peligroso.

—No te preocupes, abuelo. Ya lo hemos comprobado todo por duplicado. Hemos hecho todas nuestras pruebas. La Aerobici con Motor Antimateria está bien.

—Al cien por cien. Todos los sistemas funcionan —informa Klink.

—**Bum-chicka-bum-chicka-bum** —emite Klank un ritmo TECHNO-BEAT y el abuelo Al asiente.

—No es tu aerobici lo que me preocupa. Es lo que podrían llevar a cabo otras personas con tu invento antimateria si es que se hacen con él.

—Nadie más puede hacer esto —dice Frank—, porque nadie más tiene a Klink y a Klank. ¿No te parece la bici más chula de la historia?

El abuelo Al se rasca la cabeza y sonríe.

—Absolutamente chula.

—Esto va a funcionar, abuelo —dice Frank—. La Aerobici con Motor Antimateria se va a llevar el premio, y nosotros vamos a conservar este lugar para siempre.

El abuelo Al asiente y sonríe.

Frank saca la Aerobici con Motor Antimateria al callejón desierto y el solar vacío que hay detrás del edificio del abuelo Al. Carga el motor con una única gota de agua para que se mezcle con la gota de antiagua. Se ajusta bien el casco, se sube de un salto a la bici y, con un leve movimiento del pulgar sobre el interruptor de encendido, arranca el invento más increíble propulsado con la mezcla de la más mínima cantidad de materia y la más mínima cantidad de antimateria, que emite un poderoso *HUUUMMMMMMMM*.

La aerobici se eleva del suelo con facilidad. Frank se inclina hacia delante y gira el puño del acelerador para darle caña.

—¡Síiiii! —grita Watson.

Frank se da una rápida vuelta a reacción por la callejuela y regresa. Se inclina para virar y traza la figura de un ocho aún más rápido en el solar vacío. Salta por encima del sofá roto, gira sobre el montón de cajas de leche, recorre en horizontal la pared trasera del taller y hace un giro de trescientos sesenta grados en picado para acabar en un bucle y detenerse a siete centímetros exactos de la punta del pie izquierdo de Watson.

Klink asiente con el objetivo de su cámara web.

—**Energía obtenida de la materia.**

Klank abraza a Frank con un solo brazo.

—**Bonitos movimientos.**

Watson desliza la punta del pie para retirarlo solo un poquito.

—¿Una Aerobici con Motor Antimateria y el Chicle Watson de Mantequilla de Cacahuete Más Fuerte del Universo? Mañana, ese Premio de Ciencias es nuestro sin duda.

Frank vuelve a acelerar el motor antimateria con otro *HUUUMMMMMMMM* muy grave. Y, tal vez por eso, nadie oye ni ve un insecto minúsculo de metal que levanta el vuelo y se marcha del laboratorio de Frank Einstein.

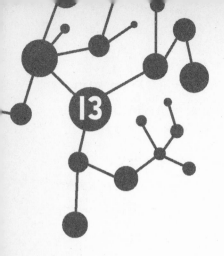

13

BUENOS DÍAS, EINSTEIN ——DICE EL ABUELO AL MIENTRAS SIRVE A Frank unos copos de maíz.

Frank se deja caer en la silla de la cocina y bosteza, pero aun así sonríe y responde.

—Buenos días, Einstein.

—¡Copos de maíz! —dice Watson, que ya se encuentra allí, listo para salir, todo lo ruidoso y despierto que Frank no está. Coge un copo de maíz y lo sostiene a la luz—. Esto es lo siguiente que voy a inventar.

Frank mastica los cereales con la boca llena. Con sueño. Bien despacio.

—Creo que ya están inventados.

—No, me refiero a algo como los copos de maíz. Algo que sea tan buena idea que parezca que siempre ha estado ahí. ¿Sabías que los inventaron de manera accidental?

—No —dice Frank—, aunque ¿por qué será que me da la sensación de que me lo vas a contar de todas formas?

—Es el año 1894 —dice Watson, que no hace caso a Frank—. Los hermanos Kellogg están preparando una masa con la intención de pasarla por unos rodillos para estirarla, pero entonces, ambos se ven obligados a marcharse de la sala por alguna razón. No estoy seguro del motivo. A lo mejor los está llamando su madre. No... espera. Por aquel entonces eran unos adultos ya. Me imagino que esto no forma parte de la historia...

—Y quizá por eso deberías pasarlo por alto —dice Frank.

—Cierto —responde Watson—. Olvídate de esa parte. Bien, entonces se tienen que marchar de la habitación. Regresan y, ¿sabes qué? La masa se les ha secado entera. Sin embargo, no quieren tirarla a la basura, y la pasan por los rodillos de todas formas.

—Vale, ahora sí que se pone emocionante la cosa —se burla Frank.

—Pero cuando pasan la masa seca por los rodillos, ¡se rompe en copos! Están deliciosos. A todo el mundo le gustan, y ya llevan con nosotros más de cien años.

—Que es lo que podría pasar con el Chicle Watson de Mantequilla de Cacahuete Más Fuerte del Universo —dice el abuelo Al. Comprueba la hora en su reproducción a tamaño real del primer reloj atómico colgado en la pared de la cocina—. Y, hablando de eso, será mejor que os lleve al ayuntamiento para que os podáis preparar. Hoy es el gran día.

La idea del Premio de Ciencias y la Aerobici con Motor Antimateria —lo que podría suponer para el abuelo Al, lo que podría significar para la ciencia— despiertan a Frank al instante. Sin embargo...

Roooaaaaarrrrrrr.

Suena el dimetrodófono.

Responde Frank.

—Hola, mamá. Hola, papá.

Bob y Mary Einstein, luciendo aún sus parkas de color naranja, aparecen en la pantalla del dimetrodon.

—Hola, cariño. No tenemos mucho tiempo. Aquí abajo está pasando algo con esa capa de iconos que tú dijiste.

—Es la capa de *ozono,* querida —dice Bob.

—Eso, el O-fono. Parece que tiene un agujero.

—Sí, es un problema que generan los gases CFC... —empieza a explicarle Frank con paciencia.

—Vale, de todas formas, te llamábamos para desearte mucha suerte en tu concurso de ciencias de hoy.

—Ah, gracias, mamá. Espero ganar el premio. ¿Te acuerdas del trofeo que ganó el abuelo cuando era niño?

—Oye, ¿has hecho una maqueta de un volcán con harina y gaseosa igual que hice yo cuando tenía tu edad? —le pregunta Bob—. Es todo un clásico.

—No exactamente —responde Frank—. Se hace con bicarbonato sódico y vinagre, que reaccionan en varios pasos y de un modo excelente para formar ácido carbónico...

$$NaHCO_3 + HC_2H_3O_2 \rightarrow NaC_2H_3O_2 + H_2CO_3$$

»... que se descompone en agua y en burbujas de dióxido de carbono...

$$H_2CO_3 \rightarrow H_2O + CO_2$$

»... aunque, en realidad, he conseguido descubrir por fin cómo propulsar mi antiguo invento de la aerobici gracias a un motor antimateria que he hecho con Watson y mis colegas robots.

La imagen de la retransmisión se vuelve borrosa por un instante.

—¿Qué? —dice Mary—. No hemos oído todo eso, pero es maravilloso que vayas a montar en bici con tus amigos.

—Mañana salimos de regreso a casa —dice Bob—. ¡Nos vemos en un par de días!

—Te queremos, cielo.

—Yo también a vosotros. Adiós.

Frank se vuelve hacia el abuelo Al.

—¿Permitiste que tu propio hijo hiciese la maqueta de un volcán?

El abuelo Al sonríe y se encoge de hombros.

—Le encantaba. Además, hacía una imitación muy buena del flujo de lava. Tenemos que irnos ya. Coged la aerobici y el chicle de mantequilla de cacahuete y vamos a largarnos de aquí echando virutas.

«Largarse echando virutas» es otro de esos dichos misteriosos del abuelo Al con los que sabes lo que quiere decir, pero en realidad no tienes ni idea de lo que ha dicho.

Frank se levanta de un brinco y se apresura camino del laboratorio.

—Yo ya tengo aquí mi chicle de mantequilla de cacahuete y estoy listo para marcharme —dice Watson—. ¿Quiere otro trozo?

—Quizá más tarde. Todavía estoy intentando despegármelo de los molares del lado derecho —dice el abuelo Al—. Espera, pensándolo mejor, podría ser justo lo que necesito.

El abuelo saca sus tambores bongos de debajo de la mesa y cubre una grieta de la madera con el Chicle Watson de

Mantequilla de Cacahuete Más Fuerte del Universo. El abuelo Al toca los bongos un par de veces y le da las gracias a Watson por su invento mostrándole el pulgar levantado.

Frank abre de golpe la puerta del laboratorio.

—¡Hora de arrancar motores antimateria! —dice, y retira la lona azul impermeable que cubre la aerobici—. Muy bien, Klink, Klank, nos largamos de aquí volando. Volveremos dentro de un par de horas... con el Premio de Ciencias de Midville, el trofeo y el dinero.

Frank aguarda un segundo a la espera de oír algún comentario sarcástico de Klink y algún chiste malo de Klank.

Pero no se oye nada.

—¿Klink? ¿Klank? —echa un vistazo por el laboratorio, que de repente parece muy vacío.

Frank apoya la aerobici contra la pared y sale al patio a mirar por los montones de chatarra.

—¡Klink! ¡Klank!

Nada.

Nadie.

Ningún robot.

De inmediato, Frank se da cuenta de que algo muy serio va mal. Klink y Klank no han salido a darse lo que el abuelo Al llama «un garbeo».

Frank regresa corriendo al interior del laboratorio y lo examina en busca de pistas.

Nada.

No, un momento. Allí, sobre los planos de papel. Unas manchitas negras muy pequeñas. ¿Polvo? ¿Pimienta? Frank se humedece un dedo, coge una pieza y la mira más de cerca.

—Es algo parecido a la pata de un insecto.

¿Quién se dejaría allí una pata de insecto? ¿Y por qué?

Frank aplasta la pata entre los dedos y la huele. Un aroma químico, fuerte y ácido, similar al olor de un rotulador indeleble y muy intenso, le inunda la nariz.

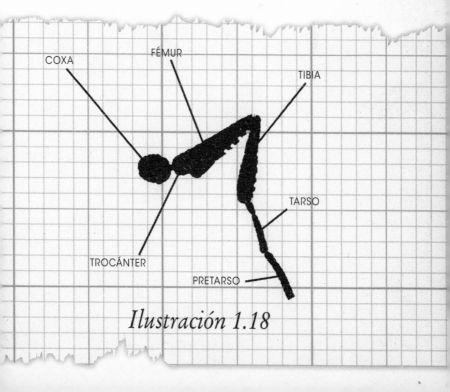

Ilustración 1.18

—¡Frank! ¡Venga, vámonos! —le llama Watson desde la puerta de la cocina.

Frank deja la pata de insecto, entra en la cocina con su Aerobici con Motor Antimateria y le da al abuelo Al y a Watson las malas noticias.

—¡Klink y Klank han sido cibersecuestrados!

14

L A CAMIONETA DEL TALLER ARREGLALOTODO ACELERA ENTRE EL TRÁFICO lento de la mañana que discurre por las calles de Midville, dobla las esquinas por los pelos, derrapa en las curvas y ruge a toda marcha por las rectas.

Watson rodea fuerte con ambos brazos las cajas de su Chicle Watson de Mantequilla de Cacahuete Más Fuerte del Universo, y se pregunta en voz alta:

—¿Es normal que parpadee esa luz roja del salpicadero?

El abuelo Al echa un vistazo rápido al cuadro de relojes y dobla la siguiente esquina.

—Ah, sí —dice—. A este motor le van las altas temperaturas. Es un motor reglamentario de la fórmula

NASCAR, un V-8 de 850 caballos de potencia. Estamos hablando de —¡Ñiiiiiiiii!, se quejan las ruedas de la furgoneta al girar— unos 1.000 grados centígrados. Justo como lo solía poner en mi época del campeonato americano de turismos.

—Nunca me has contado que pilotabas en carreras de coches —dice Frank, sorprendido una vez más ante algo que él desconocía sobre su abuelo Al.

El abuelo sonríe.

—Nunca me has preguntado.

Adelanta a dos coches en la recta de la calle del Roble, reduce marchas para entrar en un giro con forma de S y adelanta a otros dos al salir acelerando.

—Pero, oye, ¿estás seguro de que no quieres ir ahora a buscar a Klink y a Klank? No tienes que hacer esto del Premio de Ciencias solo por mí.

—Estoy seguro —dice Frank, que se agarra a la manija de la puerta cuando el abuelo Al frena de golpe y derrapa noventa grados para entrar en la calle principal—. Voy a ganar este premio, y entonces podremos ir a buscar a Klink y a Klank. Si es que consigues dejarnos allí a tiempo.

El abuelo Al comprueba la hora en su reloj de submarinista de la marina y hace un gesto de asentimiento a Frank.

—Recibido. Y mientras vosotros partís el bacalao, yo empezaré a buscar a Klink y a Klank.

El abuelo Al pisa a fondo pasado el cementerio de Midville, atraviesa volando la plaza de los juzgados y serpentea entre un monovolumen de color dorado, un coche familiar azul y una camioneta roja destartalada. Sin levantar el pie del acelerador, el abuelo tira del freno de mano y gira el volante a tope hacia la izquierda. Se bloquean las cuatro ruedas, y la furgoneta derrapa de lado hasta que se detiene por completo, perfectamente aparcada junto al bordillo de la acera, delante del ayuntamiento. Los neumáticos desprenden un poco de humo.

—A volar, chavales.

Watson y Frank salen pitando de la furgoneta. Watson agarra sus cajas de chicle y su expositor de cartón. Frank coge su Aerobici con Motor Antimateria ultraligera. Echan a correr juntos por la escalinata del edificio del ayuntamiento, con su mármol blanco y sus numerosas columnas, y se unen a un río de chicos que llevan una maqueta de un ojo en movimiento, un cuadro con los números primos, una exposición sobre la genética de la mosca de la fruta, una disección de una lombriz de tierra abierta de par en par, un póster de las emisiones de fotones y positrones de un agujero negro, paneles solares, ilusiones ópticas y, sí, un volcán de bicarbonato sódico.

La multitud de un centenar de jóvenes científicos entra en la estancia de techos altos del salón principal del ayuntamiento bajo el enorme letrero de la empresa patrocinadora, GuaSA. Cada científico se inscribe con el personal de GuaSA, recibe una chapa identificativa de PARTICIPANTE EN EL PREMIO DE CIENCIAS GuaSA, y lo envían a un puesto numerado dentro del laberinto de mesas que ocupan el suelo de mármol decorado.

El salón principal abarrotado zumba como una especie de enjambre descomunal de abejas del tamaño de niños que preparan sus trabajos, los comparan y charlan sobre ciencia.

En el puesto 338B, Watson coloca el último retoque, el último de sus Chicles Watson de Mantequilla de Cacahuete Más Fuertes del Universo, recortado y dispuesto en la forma de una atractiva pirámide.

En el puesto 403A, Frank Einstein ajusta el diagrama de su Aerobici con Motor Antimateria.

En ese momento, las luces se apagan de repente.

Un silencio de sorpresa acalla el enorme bullicio.

Un pitido de la megafonía recorre todo el salón.

Un único foco de luz apunta a un escenario elevado e ilumina a dos hombres que lucen un traje elegante con pajarita.

Resuena una voz atronadora:

—Señoras y caballeros científicos. Bienvenidos al quincuagésimo Premio anual de Ciencias GuaSA. Soy Adams Johnson, presidente de la compañía GuaSA, y tenemos un anuncio sorpresa. Probablemente, la mayor sorpresa que hayamos tenido en los cincuenta años que llevamos concediendo el Premio de Ciencias GuaSA. ¿Señor alcalde?

Uno de los hombres elegantes le entrega el micrófono al otro.

—Ejem —el alcalde tose nervioso ante el micrófono—. Nosotros, eeh... Bueno, sí... Tenemos un anuncio... —alguien le dice algo al alcalde—. Ah, sí. Me apellido «Alcalde», y también soy el alcalde de Midville, así que me podéis llamar alcalde Alcalde. Ja, ja, ja.

Nadie se ríe excepto el presidente de GuaSA, Adams Johnson. Todo el mundo ha oído ya esa broma del alcalde Alcalde, y nunca tiene gracia.

—Vale, muy bien... Esta mañana tenemos la oportunidad de ver un invento tan asombroso... estamos seguros de que va a cambiar el mundo... y hemos, eeh... hemos tenido que decidir... que no vamos a ver siquiera ninguno de los demás proyectos presentados y le

otorgamos el Premio de Ciencias de este año al jo-
ven... ¡T. Edison!

La muchedumbre deja escapar una exclamación de sorpresa.

Un chico que luce un abrigo y una corbata pasados de
moda sube al escenario, ante el foco de luz, y se hace con
el micrófono. Empieza a hablar rápidamente para acallar las
crecientes protestas y los abucheos.

—Muchas gracias, alcalde Alcalde y señor presidente de GuaSA, Adams Johnson. quiero felicitar a
todos los futuros científicos por venir hasta aquí,
pero es que yo he creado realmente el mejor invento
de la historia...

—¡Esto apesta! —grita alguien.

Edison se apresura a ir al grano.

—¡Un motor que combina materia y antimateria y
genera una cantidad casi ilimitada de energía a partir
de una sola gota de agua!

Entre las filas de proyectos de ciencias, Frank Einstein
y Watson se miran el uno al otro.

—No —dice Frank a nadie en particular, sino al mundo
en su conjunto.

—¡Buuuuu! —chilla una voz entre el gentío.

—¡Eso no es justo! —grita otra voz.

—¡Demuéstralo! —chilla otra.

Una figura pequeña, fornida y peluda que viste pantalones de raya diplomática y lleva los pies descalzos se acerca al borde del escenario, mira fijamente a la multitud y parece que sonríe. Es Mr. Chimp, que se dirige hacia un lado del escenario y tira de una cuerda adornada con una borla. Las cortinas rojas que hay a su espalda se abren con un susurro y muestran un pequeño motor plateado y reluciente sobre un pedestal. A su lado descansa lo que parece ser el extremo desconectado del mayor cable alargador del mundo.

—Con esta única gota de agua —retumba Edison sobre el ruido de la multitud inquieta—, suministraré electricidad a todo Midville durante un año entero. ¡Gratis!

Los murmullos entre la multitud se animaron un poco.

—Y... y... como soy tan buena persona, compartiré los cien mil dólares de mi Premio de Ciencias GuaSA... con todos los que están aquí. A cada uno de vosotros, mis colegas científicos, ¡os entregaré mil dólares!

Ahora, el gentío empieza a celebrarlo abiertamente.

—No, no, no —dice Frank Einstein.

Edison le pone mucho teatro, se dirige a la máquina plateada y deja caer una sola gota de agua en su depósito de combustible.

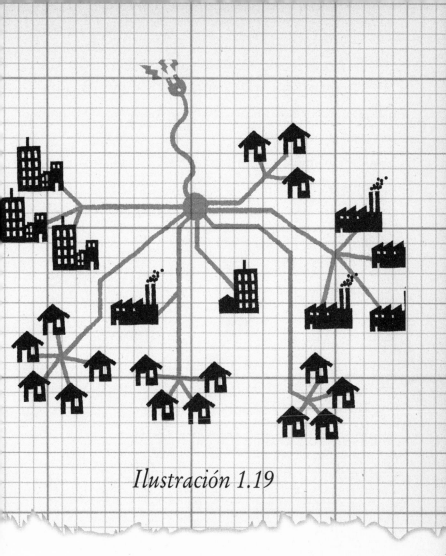

Ilustración 1.19

—Mr. Chimp, enchufa toda la luz y la electricidad de Midville. Que fluya la energía gratis. Y, queridos colegas científicos, contadle a toda la gente que conocéis que habéis presenciado la maravilla de... ¡el Motor Edison Antimateria!

Mr. Chimp conecta el cable gigantesco en el enchufe aco-
plado al Motor Edison Antimateria. Las luces del gran salón
se vuelven a encender.

El himno nacional atruena por todos los altavoces de la
megafonía.

Unos carteles rojos, blancos y azules del tamaño de un
paracaídas se despliegan desde el techo.

Un letrero de luces LED que cubre toda la pared se ilumina de forma intermitente:

ENERGÍA
GRATIS,
LIMPIA
Y SEGURA

EL MOTOR EDISON antimateria

La multitud enloquece ahora por completo (todos menos dos). Alguien en el escenario —el propio Edison, en realidad— empieza un cántico con una voz fingida muy mal disimulada: «E-di-son, E-di-son, E-di-son».

—Mil dólares para cada uno de vosotros —recuerda Edison al gentío—, y no os olvidéis de recoger vuestro certificado de participación en el Premio de Ciencias GuaSA. E-di-son, E-di-son, E-di-son.

Los participantes en el concurso se abalanzan felices hacia el escenario para recoger su parte, y se unen al cántico.

—E-di-son, E-di-son, E-di-son...

Tienen los labios separados y muestran un montón de dientes: esto preocupa a Mr. Chimp.

Frank sube su aerobici a la mesa de su puesto para evitar que se la lleven por delante las oleadas de chicos que se acercan corriendo al escenario. Busca a Watson, pero incluso él ha desaparecido. ¿Habrá ido al escenario? ¿A por sus mil dólares?

Frank Einstein se sube a su bici y arranca el motor antimateria con el simple toque de un botón. Mira hacia atrás disgustado con la multitud que canta y vitorea el nombre de Edison. Se inclina hacia delante, sale zumbando sobre las mesas y los estrados, y atraviesa la ventana de vidriera donde pone MIDVILLE, UN LUGAR MARAVILLOSO, con un fuerte ruido del impacto y los cristales rotos que casi nadie ve ni oye.

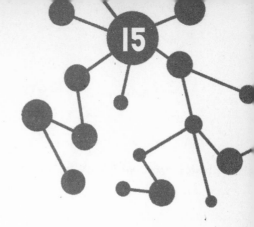

SOBRE EL SUELO ARENOSO EN LO ALTO DE LA COLINA MÁS ELEVADA y bajo el roble más antiguo de la Reserva Natural de Midville, la última oleada del ejército de hormigas rojas ataca la entrada del hormiguero de las hormigas negras. Una línea de hormigas soldado negras de cabeza gigante sale al encuentro de la ofensiva y la arrasa al despedazar con facilidad a las hormigas rojas gracias a sus enormes mandíbulas dentadas.

El ejército invasor de hormigas rojas queda reducido a un montón de cabezas, partes de abdomen y tórax, antenas dobladas y patas arrancadas.

El ejército de hormigas negras sale victorioso.

Aparece una mancha en el cielo azul, cerca del horizonte.

La mancha se hace más grande y adquiere la forma de una bicicleta que vuela sobre el suelo conducida por una figura encorvada. La bici voladora aparece ya en todo su tamaño, en primer plano, vira alrededor del roble y desciende al suelo de manera brusca y repentina al lado mismo del hormiguero de las hormigas negras.

Un gran pie calzado con una deportiva pasa por encima de la bici y desciende al suelo justo sobre la hilera que forman las hormigas soldado negras, aplasta un par de ellas y provoca que las demás se dispersen.

El chico que calza la zapatilla deportiva se sienta sobre la piedra plana que hay bajo el roble, se cruza de brazos y fija la mirada sobre el paisaje de la ciudad de Midville que se extiende más abajo. Tiene mil pensamientos, los impulsos eléctricos en su cerebro van saltando de neurona en neurona sin ser consciente del caos que su zapatilla con la punta de goma acaba de causar entre las hormigas.

Frank Einstein —porque, en realidad, ¿quién más conduce una aerobici?— está pensando.

La Tierra gira. El tiempo pasa. Frank se siente planchado. Como si lo hubiese aplastado un pie gigantesco. Las hormi-

gas que hay junto al pie de Frank comienzan a excavar un nuevo túnel y a formar un nuevo hormiguero.

Frank masculla ofuscado para sí mismo:

—El mejor invento de la historia... una sola gota de agua... el *Motor Edison Antimateria*...

Frank genera pensamientos que consisten en machacar, romper y tirar todo a la basura.

La Tierra gira.

Frank sigue mascullando:

—Incluso Watson... Sin robots... Oh, no, el abuelo Al...

—A tu servicio.

Frank levanta la mirada para encontrarse con el abuelo Al, que acaba de salir de detrás del roble.

—¿Eh? ¿Cómo...? ¿Qué estás haciendo aquí?

El abuelo Al se descuelga del hombro una mochila pequeña y se sienta en la piedra junto a Frank.

—Ya me he enterado de lo del Premio de Ciencias. Tampoco he tenido suerte siguiendo la pista de Klink y Klank, así que he pensado en venir aquí de excursión y admirar este panorama tan fantástico.

Frank mira hacia Midville.

—Hoy no tiene nada de fantástico. Todo se ha ido al garete. Menudo desastre.

El abuelo Al le entrega a Frank su cantimplora.

—Ah, no sé yo. Es bastante parecido al mundo que era ayer. El
sol sigue brillando, las hojas de
roble continúan haciendo la foto-
síntesis, estas hormigas de aquí
abajo siguen excavando y transpor-
tando la tierra.

Frank da un largo trago de agua. Sabe realmente bien.

—Pero el Premio de Ciencias, Klink y Klank, tu taller, tu
casa...

—Ahhh, nada de eso es para tanto. Tú aún tienes ese cerebro tuyo de Frank Einstein, ¿verdad?

—Claro.

—Tú sigues siendo Frank Einstein, ¿no?

—Claro.

—Así que puedes seguir haciéndote
preguntas y seguir buscando tus propias respuestas. No nos hacen falta
premios ni trofeos para
hacer eso. Somos
científicos.

Frank baja
la mirada hacia
sus zapatillas.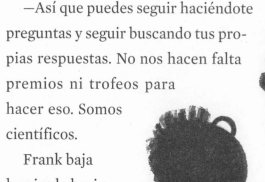

Ve una forma que le resulta familiar... la pata de un insecto. Es idéntica a la que ha encontrado en su laboratorio.

Recoge la pata, la aplasta entre el índice y el pulgar y reconoce el fuerte olor a rotulador indeleble.

—¿Cierto? —dice el abuelo Al.

De repente, todo encaja.

Frank levanta la mirada. Relaciona mentalmente la pata del insecto, el secuestro de los robots, el motor antimateria...

—La pata de una hormiga —dice Frank—. Pata de hormiga–Mr. Chimp–Edison. ¡Eso es!

—Por supuesto que sí —el abuelo Al se recuesta y admira el panorama—. Me alegro de que hayamos podido tener esta charla.

—Ya sé *quién* ha secuestrado a Klink y a Klank. Ya sé *cómo* ha conseguido Edison ese motor antimateria. Ya sé *dónde* ir a continuación. Y ya sé *qué* voy a hacer ahora.

—Entonces, ¿a qué estás esperando, Frank Einstein? Mueve el esqueleto.

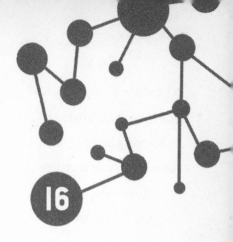

16

ENTONCES, ¿DÓNDE ESTÁN KLINK Y KLANK? —PREGUNTA WATSON.

—Aquí —dice Frank, que señala un punto en el mapa de Midville que han clavado a toda prisa sobre el banco de trabajo. Traza una X roja sobre la silueta de un edificio aislado en el límite sur de Midville, junto al lago Genoveva.

—¿Y oler una pata machacada de hormiga te ha dicho cómo...?

—No hay tiempo para explicarlo todo, Watson, pero me alegro de que tú no te hayas tragado la palabrería de Edison...

—Venga ya, Frank. Tú sabes que soy mejor amigo que eso. La gente me pasó por encima, y a mí siempre me entra el pánico cuando...

—Vale, vale. Es bueno saberlo —le interrumpe Frank—, pero lo que significa todo esto es que tenemos que llegar a casa de Edison. Ahora. Antes de que se dé cuenta de que debería destruir las pruebas.

Watson sonríe. Es posible que «es bueno saberlo» sea lo más agradable que Frank haya dicho jamás sobre su amistad. A él le gustaría oír más, pero Frank ya está ocupado dibujando un montón de X, aparentemente al azar.

—¿Qué es lo que ves? —le pregunta Frank.

—Veo que has llenado de marcas el mapa de mi padre, ese que le he prometido que iba a cuidar, y veo que ya me he metido en un lío sin haber salido siquiera de tu laboratorio.

—Une los puntos —le dice Frank—. Todas las propiedades inmobiliarias que ha adquirido la familia Edison durante el último año... de donde ha echado a la gente... y este edificio, el del abuelo Al... —Frank va uniendo las X.

—¿Un gran círculo rojo? ¿Es que Edison está construyendo una pista circular? ¿Un horno para donuts gigantescos? No lo pillo.

Frank coloca otro mapa justo debajo del mapa de Midville. El segundo mapa tiene un círculo casi idéntico.

—Un mapa del CERN, el laboratorio de física de partículas subatómicas enterrado bajo el suelo de Suiza y Francia. Es el lugar del que nos hablaba el abuelo Al, donde trabajan algunos de sus colegas científicos. El anillo forma parte de una máquina llamada «Gran Colisionador de Hadrones».

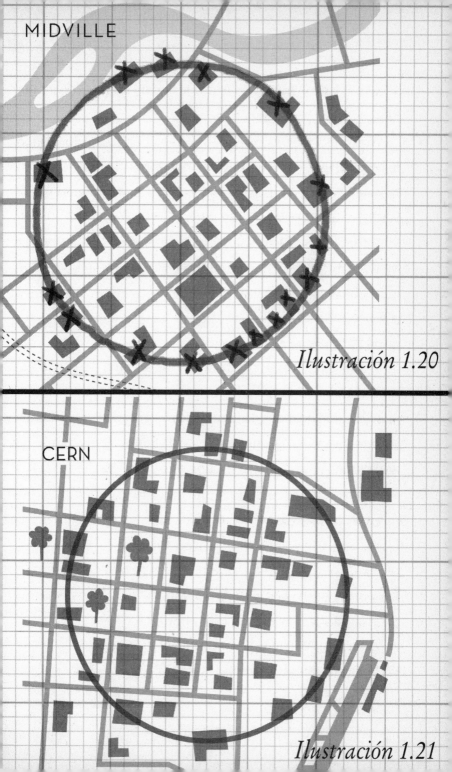

MIDVILLE

Ilustración 1.20

CERN

Ilustración 1.21

—Vale —dice Watson—. Ahora sí que no tengo ni idea de lo que me estás hablando.

—Es lo más chulo —dice Frank—. Un anillo de veintisiete kilómetros de longitud que acelera partículas subatómicas hasta alcanzar casi la velocidad de la luz ¡y después las choca unas contra otras! Es como poner a toda velocidad dos coches de carreras muy pequeños en dirección contraria sobre un circuito gigantesco... y después hacerlos chocar de frente.

—¿En serio?

—En serio.

—¿Por qué?

—¿Por qué? —Frank señala hacia la sección dedicada a la materia en su Muro de la Ciencia—. Para registrar lo que sucede justo después de las colisiones y así descubrir la verdadera naturaleza de la materia... y la antimateria. Piensa en ello como si tratasen de descubrir de qué están hechos esos dos cochecitos de carreras mirando los fragmentos que quedan después del choque.

Watson se rasca la cabeza y asiente.

—¿Así que Edison ha estado construyendo en secreto su propio cacharro colisionador en forma de anillo e intentando crear antimateria todo este tiempo?

—¡Exacto, Watson! Y ayer, de algún modo, descubrió que yo le había ganado la partida, así que anoche hizo que Mr.

Chimp ciberraptase a Klink y Klank para poder robarles a ellos el secreto de mi motor antimateria.

—Guau —dice Watson.

—De manera que lo más probable es que Edison se encuentre en este edificio· —Frank clava el dedo índice en el mapa de Midville—, justo al lado del lago Genoveva, del que obtiene el suministro de agua para enfriar todas las reacciones subatómicas. Y es también probable que sea ahí donde tenga escondidos a Klink y a Klank.

—Oye, conocemos ese edificio. Es el Gran Cubo Negro. ¡Pero ese sitio es como una fortaleza! ¿Cómo vamos a conseguir meternos ahí?

Frank estudia los dos mapas.

—¿Podrías darme uno de tus chicles, Watson?

—¡Claro! Tengo todos los que quieras. Ni siquiera los pude regalar en el ayuntamiento. Toma, coge dos o tres.

Frank coge un chicle y se lo guarda con cuidado en el bolsillo interior de su bata de laboratorio.

—Con uno debería ser suficiente.

—¿Y qué tiene todo esto que ver con patas de hormiga?

—Luego te cuento más —dice Frank, que hace un gesto a Watson hacia la puerta—. Ahora tenemos que ser rápidos... y pasar desapercibidos. Larguémonos.

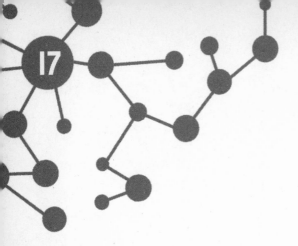

17

WATSON Y FRANK RUEDAN MONTADOS EN SUS BICICLE-
tas normales y atraviesan el centro de
Midville rápido y sin llamar la atención hasta llegar al sur de la ciudad
y salir al lago. Se detienen con un derrape en
un solar desierto que hay junto al edificio que
Watson ha descrito de forma exacta: un gran
cubo negro. Y, tal y como había previsto Frank, el
edificio está rematado por dos grandes torres de
refrigeración alimentadas por agua del lago.

—Dejemos aquí las bicis —dice Frank.

Esconden ambas bicicletas detrás de un
montículo de escombros de tierra, ladrillos y tablones, y se acercan al Gran Cubo
Negro.

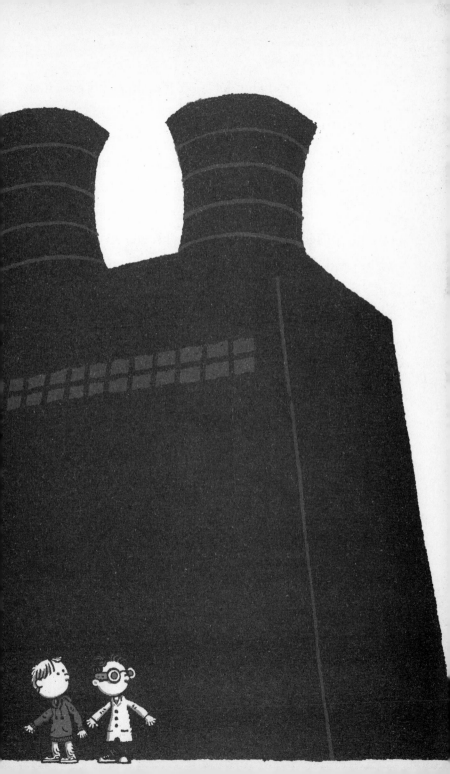

No hay nada alrededor del cubo, ninguna valla para mantener alejada a la gente, ninguna caseta que esconda a perros guardianes, ninguna torre con reflectores y guardias de seguridad. Nada excepto un solar vacío. Sin embargo, es una fortaleza porque no hay puertas, orificios de ventilación ni abertura de ninguna clase visible en la superficie lisa de un color negro azulado mate. La única brecha en el exterior es una hilera de ventanas demasiado alta como para llegar hasta ella o para mirar por ellas.

—Y bien, ¿cómo nos colamos ahí dentro? —susurra Watson—. ¿Has copiado las huellas de Edison en secreto, de un vaso de cristal que le obligaste a sujetar cuando vino al taller, y vamos a engañar a un escáner digital?

—No.

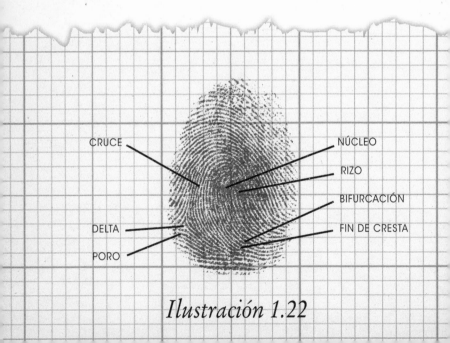

Ilustración 1.22

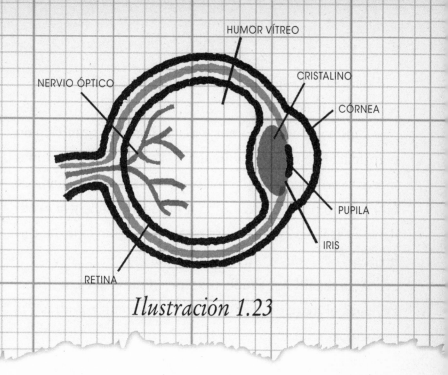

HUMOR VÍTREO

CRISTALINO

CÓRNEA

NERVIO ÓPTICO

PUPILA

IRIS

RETINA

Ilustración 1.23

—¿Has reconstruido su globo ocular gracias a una cámara 3-D, y lo vamos a suplantar en un escáner de retina?

—No.

—¿Un lanzamisiles portátil en miniatura? ¿Topos gigantes adiestrados que hacen túneles?

—No y no —Frank estudia con detenimiento el suelo a sus pies—. Necesitamos la piedra más densa que podamos encontrar. Una buena roca metamórfica o una roca ígnea básica estaría bien...

Watson coge del suelo un trozo de roca con pintas negras, grises y rojizas que tiene el tamaño de una pelota de tenis, y se lo muestra a Frank.

Frank calcula su peso con una mano.

—Granito. Perfecto.

—Entonces, ahora vamos y deshacemos el granito para convertirlo en polvo —se imagina Watson— y lo combinamos con otros polvos que tú llevas guardados en tu bata de laboratorio para fabricar dinamita instantánea, y la prendemos para que estalle y abra un agujero en un lado del Cubo, ¿no?

—Más sencillo que todo eso —dice Frank, que coge fuerza, lanza el trozo de granito a una de las ventanas altas y la destroza con un sonoro ¡*crash!*

Saltan las alarmas.

Parpadean las luces.

Del suelo surgen unas cámaras de vigilancia que graban cómo se deslizan y se abren los paneles de dos puertas casi invisibles por las que sale corriendo al exterior un pequeño ejército de guardias de seguridad con uniformes grises que atrapan a Einstein y a Watson y se los llevan al interior del Cubo.

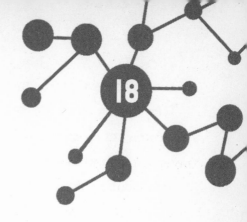

VAYA, HOLA! —DICE T. EDISON DESDE DETRÁS DE SU INMENSA MESA negra reluciente—. Menuda no-sorpresa veros, Epi y Blas. Seguro que habéis venido hasta aquí para felicitarme por mi nuevo invento, el Motor Edison Antimateria, ¿verdad que sí?

Mr. Chimp, sentado justo a la derecha de Edison, signa:

S   Í

—No precisamente —dice Frank Einstein—. Venimos a por algunas respuestas.

—Maravilloso. ¿Cuáles son vuestras preguntas?

Watson observa la oficina.

—¿Por qué tienes tantas teles? Seguro que estás espiando a la gente. ¡Por ejemplo, a nosotros!

—A Mr. Chimp y a mí nos gusta ver los dibujos animados. Muchos dibujos animados. Todos a la vez. ¡Siguiente pregunta!

Frank se pasea por la oficina, cuenta sus pasos y calcula las dimensiones exactas de la habitación. Comprueba la puerta. Se fija en las ranuras de ventilación de la calefacción y el aire acondicionado. Presta atención a todo. Escucha el zumbido grave de una maquinaria tras las puertas de la oficina. Se apoya en una pared y oye un débil ritmo de rumba. Observa cómo Mr. Chimp saca una cajita de metal, hunde el palito en la tapa y le da un lametón a su aperitivo. Unas cuantas patas de hormiga caen sobre la mesa. Ahora, Frank está seguro.

—¿Dónde están Klink y Klank?

Edison arquea las cejas en un gesto de sorpresa.

—¿Qué son un klink y un klank?

—Mis robots —dice Frank sin levantar la voz.

Frank se imagina que salta por encima de la mesa gritando a Edison y de un plumazo le quita de la cara esa pinta de patán que tiene. Pero entonces se imagina a Mr. Chimp, con el noventa y ocho por ciento del mismo ADN pero cinco veces más fuerte que cualquiera de los luchadores de lucha libre, y piensa en cómo lo tiraría y le rompería la mayor parte de los huesos del cuerpo sin derramar una sola gota de sudor de chimpancé.

Frank saca el chicle del bolsillo de su bata y lo mastica con calma.

—Los robots inteligentes que tú has cibersecuestrado del laboratorio de Frank —dice Watson, que se inclina sobre la mesa de Edison de un modo amenazador.

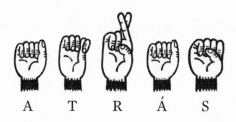

Signa Mr. Chimp, a lo cual añade un breve gruñido, «¡Gruu!», que no requiere traducción.

—¿Robots inteligentes, dices? Qué interesante. Vosotros dos tenéis pinta de ser como Bob Esponja y Patricio. O, a lo mejor, como Zipi y Zape, ¿no?

Watson retrocede y se aparta de la mesa, pero ya no puede aguantar más.

—¡Has robado la idea del motor antimateria de Frank! ¡Y estás acabando con nuestra ciudad para construir un cacharro que colisiona partículas atómicas! ¡¿Dónde tienes escondidos a Klink y a Klank?!

La mirada de Mr. Chimp se aparta de Watson y se dirige a Edison, se lleva el índice a la sien y lo mueve en círculos.

Edison se ríe.

—Y aquí tenemos de nuevo la misma pregunta. Muy bien, supongo que os lo podría contar —Edison se pone en pie—. Un par de robots se pasó por aquí anoche, uno que parecía una aspiradora industrial y otro como un cubo de basura grande.

—¡Sí! ¡Esos son Klink y Klank! —grita Watson.

—Estuvimos hablando un rato. Tuvimos una agradable charla sobre la producción de antimateria... en plan barato. Luego, los mandé a paseo.

—Sí, claro —dice Watson—. De paseo, ¿hacia dónde?

—Oh, a casa de un amigo. Creo que ya lo conocéis, y el abuelo de Frank también lo conoce: el Perro Chatarrero. En el otro extremo del lago —Edison monta un numerito para comprobar la hora en un reloj de oro reluciente y nuevecito—. Y deberían estar quedándose planchaditos... justo... ahora. Siento mucho que lleguéis demasiado tarde para salvarlos.

—¿Que has hecho qué? —exclama Frank—. ¿Los has regalado para que los espachurren como si fueran chatarra?

—Oh, no —dice Edison—. Yo jamás cometería semejante locura. Los he vendido. Por diez dólares.

Frank aprieta los dientes. Cierra con fuerza los puños. Tensa todos y cada uno de sus músculos. Y después grita:

—¡NOOOOOOOOO!

Y sale corriendo a por Edison.

Frank levanta el puño, salta por encima de la mesa y se ve atrapado por un brazo fuerte y peludo en pleno vuelo. Watson salta entre patadas y puñetazos alocados. Otro brazo fuerte y peludo lo rodea por la cintura.

Edison suelta una carcajada violenta y misteriosa.

—¡Échalos de aquí, Mr. Chimp!

Frank y Watson forcejean, se retuercen y luchan contra Mr. Chimp.

Watson patalea en el aire con impotencia. Frank se agarra al marco de la puerta al salir, pero es como si Mr. Chimp ni se enterase. Lanza a Watson primero, y después a Frank, a no menos de seis metros en el solar desierto.

—¡Una visita muy agradable, Mortadelo y Filemón! —grita Edison desde detrás de Mr. Chimp, en la entrada.

Mr. Chimp se endereza la corbata y cierra la puerta del Gran Cubo Negro, que emite un *shhmmmpp* pegajoso al quedar sellada.

—*Aaaaaauuuuuu* —se queja Watson, que rueda por un montículo de ladrillos—. Bueno... ha ido bastante bien —dice en tono sarcástico.

Frank se pone en pie con el extraño aspecto de no estar demasiado molesto porque lo eche un chimpancé, porque le llamen de todo o por perder a sus amigos robots.

—Perfectamente —dice mientras echa un vistazo rápido al Cubo, a su espalda, y se sacude la bata de laboratorio.

19

WATSON GOLPEA EL VOLANTE DE LA LANCHA MOTORA A REACCIÓN.

—¿Me tomas el pelo?

—No te lo he podido contar antes, porque entonces no habrías sido tan convincente —dice Frank desde el asiento del pasajero—. Ya sabes que eres un actor muy malo. Y no eres capaz de guardar un secreto.

Watson mira al frente. Sabe que Frank tiene razón.

—Vale, sí. ¿Y bien? —se enfurruña.

—Pero has estado increíble ahí dentro. Has conseguido que Edison hable, y le has dado una zurra a Mr. Chimp, al menos durante un minuto o dos.

Watson se anima.

—Ese primer golpe de kárate ha sido impresionante. ¿A qué esperamos, entonces? ¡Vamos!

Frank comprueba la posición del sol en el cielo.

—Aún no.

Porque Watson y Frank no se van a ninguna parte.

No van a toda velocidad por el lago Genoveva, a más de ochenta kilómetros por hora, rebotando sobre la superficie picada del agua tal y como Edison cree que hacen.

No van desprendiendo una cortina de agua por el propulsor trasero de la lancha. No están echando un vistazo en la débil luz del atardecer. No se dirigen a toda velocidad a ver al Perro Chatarrero con la esperanza de llegar a tiempo de salvar a Klink y a Klank de que la prensa para coches los reduzca a un par de cubitos metálicos.

Se ocultan en una lancha motora que está subida a un remolque en tierra, a una distancia de un corto paseo por la orilla desde el Gran Cubo Negro.

Los rayos de la puesta de sol iluminan de un modo dramático el cielo salpicado de nubes, en unos feroces tonos rojos y anaranjados. Frank se recuesta en su asiento acolchado, con las manos detrás de la cabeza.

—Qué bonito, ¿verdad, Watson?

Watson y Frank admiran la puesta de sol en silencio.

—Aún más bonito —continúa Frank— cuando sabes que se produce porque la luz del sol atraviesa una mayor cantidad de moléculas de aire en la puesta de sol y porque se rechaza la luz azul y verde, que tiene una menor longitud de onda, y solo queda la luz roja y naranja, con mayor longitud de onda.

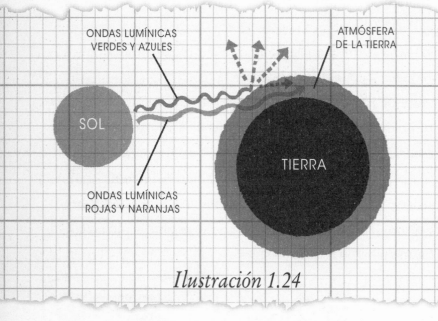

ONDAS LUMÍNICAS
VERDES Y AZULES

ATMÓSFERA
DE LA TIERRA

SOL

TIERRA

ONDAS LUMÍNICAS
ROJAS Y NARANJAS

Ilustración 1.24

Watson se queda mirando a Frank fijamente.

—Claro, justo lo que yo *no* estaba pensando.

Desaparecen entonces los últimos rayos de sol, de todas las longitudes de onda. La oscuridad de la noche cubre los muelles del lago. Frank y Watson salen de su escondite en la motora y se dirigen a hurtadillas hasta el lateral del Gran Cubo Negro por el cual, no mucho antes, los había echado a la calle un chimpancé.

Frank palpa la superficie lisa del Cubo. Las yemas de sus dedos localizan exactamente lo que está buscando: un bultito pegajoso. Saca su destornillador más fino y más pequeño, lo introduce en la ranura casi invisible para hacer palanca y abre la puerta sin dificultad: el mecanismo de sellado lo había inutilizado uno de los mismísimos Chicles Watson de Mantequilla de Cacahuete Más Fuertes del Universo.

Frank hace un gesto a Watson para que le siga.

Se deslizan en silencio por el pasillo casi a oscuras, el mismo que Frank había medido mientras se lo llevaban a rastras. Se cuelan por una puerta interior que da al lugar de donde procedían los sonidos mecánicos y de rumba que Frank había oído. Y, de repente, se encuentran en una nave industrial gigantesca repleta de unas máquinas enormes hechas a base de imanes, cables, paneles y computadoras.

—Guuuaaauuuu —susurra Watson—. ¿Qué narices es esto?

—Justo lo que nosotros pensábamos. El Gran Colisionador de Partículas Atómicas de Edison.

—Entonces, ¿para qué quería Watson a Klink, a Klank y el motor antimateria, si ya tenía esto?

Frank observa a su alrededor.

—Porque mi motor antimateria es más rápido, más barato y mejor para propulsar eso de ahí.

Frank señala el extremo opuesto de la nave industrial, una pared de ladrillo donde las luces de emergencia dibujan la silueta de lo que tiene que ser la pistola de agua antimateria de color rosa más grande del mundo, la más electromagnética...

... propulsada por un pequeño, plateado y muy familiar motor antimateria.

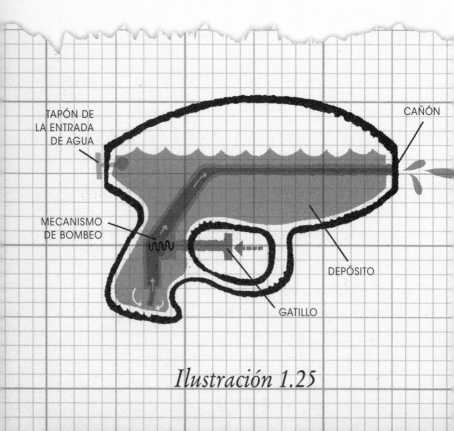

TAPÓN DE
LA ENTRADA
DE AGUA

CAÑÓN

MECANISMO
DE BOMBEO

DEPÓSITO

GATILLO

Ilustración 1.25

—Noooo pueeeede seeeer —exclama Watson.

Una puerta de acceso justo al lado de la pistola de agua antimateria se desliza y se abre.

—*Ssssshhh*. Viene alguien.

Aparecen dos operarios, que se adentran en el círculo iluminado que rodea a la pistola de agua. La luz blanca se refleja en la cabeza de cristal de un operario y en el cuerpo metálico del otro.

—¡Klink! —dice Watson.

—¡Y Klank! —dice Frank.

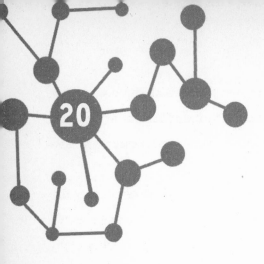

20

WATSON ECHA A CORRER HACIA LOS ROBOTS, PERO FRANK LO sujeta por el brazo.

—¡Espera! Podría ser una trampa. Además, estoy convencido de que Edison tiene más medidas de seguridad. Vamos a observar durante un minuto.

Y así es: transcurrido menos de un minuto, una plataforma elevadora con ruedas dobla la esquina del colisionador de partículas... y transporta a T. Edison y a su conductor, Mr. Chimp.

Frank y Watson se agazapan detrás de una hilera de computadoras.

—Muy bien, vosotros, par de productos defectuosos salidos de un taller de reparaciones —grita Edison desde la plataforma elevadora—. Poneos de pie contra esa pared, justo delante de esa diana.

—Dudo mucho que seamos defectuosos —dice Klink—. Mi capacidad mental actual es, por sí sola y se mida como se mida, unas doce veces superior a la del ser humano más inteligente.

—Y tú eres un robot, y he decidido librarme de ti antes de que ese idiota de Einstein y el ganso de su colega...

—Oye... —susurra Watson—, que yo no soy un ganso.

—... vuelvan por aquí a entrometerse. Voy a destruir todas las pruebas de que me hayáis ayudado alguna vez. Además, tendremos la oportunidad de hacer el mejor y último test con la Pistola Edison Antimateria. ¡Dos pájaros de un tiro!

Frank y Watson ven cómo parpadea la antena de Klank, que está pensando muy en serio.

—**Pero es que yo no quiero que me destruyan.**

—A ver —dice Edison—, repítemelo otra vez, ¿cuál es la Segunda Ley de la Robótica de Asimov?

Klank emite un bip.

—Un robot debe obedecer las órdenes de los seres humanos.

Edison pulsa un control remoto, y la Pistola Edison Antimateria se enciende con un zumbido grave.

—Fantástico. Y yo os estoy ordenando a vosotros dos, par de cabezas metálicas de chorlito, que os pongáis ahí, delante de esa diana. ¡Ya!

Klink y Klank se desplazan lentamente a lo largo de la pared de ladrillo y se colocan delante de la diana.

—Ellos no pueden hacer nada —dice Frank—. No pueden violar sus leyes de la robótica. Tenemos que salvarlos.

—Cierto —dice Watson, que se pone en pie de un brinco y echa a correr hacia Klink y Klank.

—Aunque yo pensaba que antes podríamos trazar un plan...

Frank sale detrás de Watson e intenta retenerlo, pero solo consigue atraparlo cuando ambos alcanzan un anillo de placas sensibles a la presión en el suelo que rodea la Pistola Edison Antimateria.

El peso de Watson y Frank hunde las planchas del suelo unos milímetros apenas perceptibles, pero esos milímetros interfieren en el rayo de una célula fotoeléctrica que dispa-

ra un conmutador, que activa un resorte, que hace surgir del suelo una hilera de barrotes de titanio que atrapan a Watson y a Frank en una jaula a prueba de fugas, contra una pared de ladrillo de la nave industrial que está llena de marcas.

—¡¿Qué?! —grita Edison, y esta vez sí parece sorprendido de verdad—. ¿Cómo os habéis colado vosotros aquí, par de idiotas? Se supone que tenéis que estar en la chatarrería del otro extremo del lago, salvando a vuestros colegas robots.

Mr. Chimp abre bien la boca y deja al descubierto sus cuatro dientes caninos.

—Sentimos mucho estropearte el test —dice Frank—, pero es que te echábamos tanto de menos que hemos tenido que volver a visitarte.

Edison utiliza su control remoto para hacer girar su Pistola Edison Antimateria de un lado a otro. Observa a Klink y a Klank.

Observa a Frank y a Watson.

Piensa.

Sonríe.

—Oh, esto es aún mejor. Klink, ¿cuál es la Primera Ley de la Robótica?

—Un robot no puede hacer daño a un ser humano, ni permitir que un ser humano sufra algún daño por no ayudarle.

—¡Perfecto! Ahora tendremos la oportunidad de probar la Pistola Edison Antimateria y hacer que sea el genio de Frank Einstein quien destruya sus propios robots. ¿Qué te parece eso, Mr. Chimp?

Mr. Chimp, por una vez realmente impresionado, y signa:

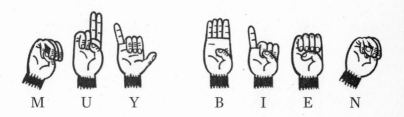

M U Y   B I E N

Edison dispara su Pistola Edison Antimateria. Del cañón surge un rayo de luz blanca que aniquila toda la materia a su paso por la pared de ladrillo. La pistola de agua gira lentamente sobre su base y traza una línea de destrucción que va directa hacia Watson y Frank.

—Robots, ese rayo antimateria va directo hacia esos dos seres humanos, y la única forma que tenéis de salvarlos es colocaros vosotros mismos en medio. ¡Id ya!

Unas luces rojas de emergencia comienzan a parpadear.

La sirena de peligro por sobrecarga se dispara con un *uoooo-uoooo* atronador.

El rayo de luz blanca antimateria se desplaza por los ladrillos con un chisporroteo.

—¡No lo hagáis, Klink y Klank! —grita Watson—. Un momento. Pero ¿qué estoy diciendo? ¡Quiero decir que sí, que lo hagáis! No, esperad. ¡Frank! ¿Cómo los salvamos a ellos y nos salvamos también nosotros? Tendrás un plan, ¿verdad? Dime que tienes un plan. ¡Rápido!

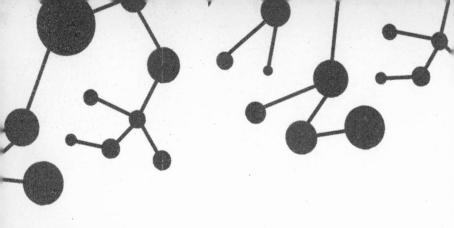

MATERIA —DICE FRANK EINSTEIN, GENIO E INVENTOR DE CORTA edad—. Aquello de lo que están hechos todos los seres vivos y todas las cosas que no están vivas. En eso consiste todo.

—Genial —dice Watson, amigo de Frank de tantos años, agachado detrás de él—. Y ¿cómo nos ayuda eso a salir de aquí?

Frank Einstein, como siempre, aplica el método científico que ha aprendido de su abuelo Al.

Frank piensa:

OBSERVACIÓN:

Luces rojas que centellean dos veces por segundo.

Un sonido atronador que resuena contra el suelo de la nave industrial, *Uoooo-uoooo*.

Unos barrotes de color blanco metálico, ligeros, de alta resistencia.

Dos formas mecánicas contra la pared de ladrillo del fondo.

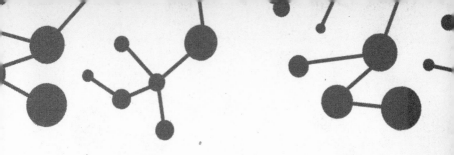

Dos siluetas en la penumbra sobre la plataforma elevadora que hay más arriba, ambas con corbata.

Un rayo de luz blanca concentrada chisporrotea y derrite una línea horizontal que atraviesa la pared de ladrillo más cercana y sigue un rumbo que se cruzará con la posición de Einstein y Watson dentro de veintiocho segundos.

Frank dice:

—**HIPÓTESIS:**

»Luces y sirena: probablemente una alarma.

»Barrotes: de titanio e irrompibles, seguramente.

»Aquellos dos de allí tal vez nos ayuden.

»Los dos de arriba no lo harán.

»Disponemos ahora de trece segundos antes de que cada átomo, elemento, molécula y fragmento de materia de los que estamos hechos estalle con violencia en una nube de humo, calor y cenizas.

—¿Por qué te escucharé siempre? —pregunta Watson, que se aleja tanto como puede del avance del rayo de luz que chisporrotea sobre los ladrillos.

Frank Einstein sonríe.

—Comenzar **EXPERIMENTO**...

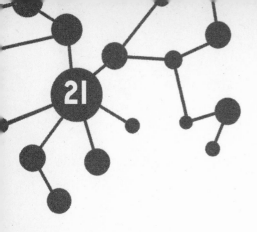

EN LO ALTO DE LA PLATAFORMA ELEVADORA, EDISON PATALEA CON impaciencia.

—¡Venga, ceporros mecánicos! ¡Moved ya ese trasero de hojalata! ¡Quiero ver fuegos artificiales antimateria!

—*¡Iiiii-iiiii-iiiii! ¡Ooooo-oooo-oooo!* —chilla Mr. Chimp al tiempo que da saltos y hace aspavientos con los brazos como si hubiera perdido los papeles y entrara de lleno en modo chimpancé por unos pocos y salvajes segundos.

Klink rueda y Klank da unas zancadas plomizas hacia su propia aniquilación.

—**Yo no quiero convertirme en fuegos artificiales antimateria** —se queja Klank.

—Ya te he dicho que los humanos tienen una forma inestable de pensar —dice Klink—. Menuda forma de desperdiciar una inteligencia perfecta: ¡yo!

El rayo antimateria crepita justo a un metro de distancia de Watson y Frank, atrapados. Las luces rojas parpadean. La sirena aúlla.

En cuanto Klink y Klank se encuentran lo bastante cerca para oírle, Frank grita por encima del ruido ensordecedor de la sirena.

—¡Klank!

—**¿Qué?**

—Te gusta dar abrazos, ¿verdad que sí?

—**Sí.**

—Y ahora no puedes oír nada de lo que diga aquel humano que está subido en la plataforma elevadora, ¿verdad que no?

—**No.**

El rayo antimateria está ahumando la pared a medio metro de distancia. Watson se tapa los ojos.

—¡Bien! Entonces, ve y dale a esa pistola rosa de agua gigante el abrazo más grande y más fuerte que puedas. ¡Es una orden de un ser humano!

Klank se queda pensando durante un largo y valioso segundo.

No se debe permitir que un humano resulte herido. Se debe obedecer las órdenes de los humanos. Frank Einstein ordena darle un abrazo a la pistola rosa. Frank Einstein es humano. Darle un abrazo a la pistola no causará ningún daño a ningún humano.

T. Edison no puede oír lo que está sucediendo allí abajo, pero sí ve cómo se detienen los robots, y sabe que Einstein está interfiriendo en sus planes de algún modo.

La cabeza de metal de Klank se ilumina entera con la respuesta.

—¡¡¡Un abrazo!!!

Carga contra la Pistola Edison Antimateria a toda velocidad y haciendo que el suelo retumbe a cada zancada plomiza.

Edison grita a Klank:

—¡Ohdfuhg hwjho ffhjhf dhbhcyy mmrff! —o, al menos, esto es lo que Klank oye entre los aullidos de la sirena.

Klank sigue con entusiasmo la orden de Frank y choca contra la pistola rosa gigante con un *¡bllllannnnngggg!* metálico por el impacto de su cuerpo como si fuera una campana.

Enrolla sus largos brazos de aluminio flexible alrededor de la empuñadura de la pistola, transfiere la potencia máxima a los motores de sus brazos, marca el ritmo HEAVY METAL 2 y *abraaaaaaaza* la Pistola Edison Antimateria con todas sus mecánicas fuerzas.

Mr. Chimp ve cómo va a acabar aquello. Suelta los mandos de la plataforma y signa:

N O S   V E M O S

Mr. Chimp salta y se agarra de la barandilla con los dedos de los pies, se deja caer al suelo y se pone a salvo corriendo a cuatro patas, una mano después del pie tras la otra mano.

El rayo antimateria alcanza el primer barrote de titanio y lo pulveriza.

Frank y Watson se apartan de los barrotes tanto como pueden, y Frank recalcula.

—Vale, eso no formaba parte del plan...

—¡Alto! —grita Edison a todo el mundo, a todo cuanto se menea.

Sin embargo, ya no hay manera de detener el incidente antimateria.

Klank abraza, aprieta y da vueltas. Retuerce la Pistola Edison Antimateria hasta sacarla de su soporte, y el rayo se redirige en un peligroso arco que corta la parte alta de los barrotes de titanio, un mechón de pelo suelto de la cabeza de Watson, la parte central de la plataforma elevadora con Edison aún subido, y el mismísimo núcleo del colisionador de partículas gigante.

Mientras baila *clang, clang, clang* al ritmo de su HEAVY METAL 2, Klank se tropieza en pleno giro-abrazo y se cae con la Pistola Edison Anti-materia encima. Le da un último abrazo con todas 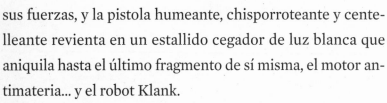 sus fuerzas, y la pistola humeante, chisporroteante y centelleante revienta en un estallido cegador de luz blanca que aniquila hasta el último fragmento de sí misma, el motor antimateria... y el robot Klank.

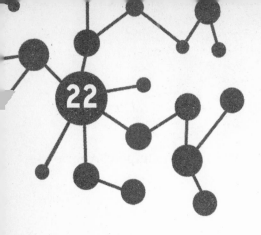

FRANK Y WATSON ESTÁN SENTADOS EN LA MESA DE TRABAJO, DELANTE del ordenador portátil de Frank.

—Sentimos mucho que no hayas ganado el Premio de Ciencias, cariño.

Frank hace un gesto con la mano.

—Bah, no os preocupéis por eso, mamá. La ciencia es más divertida que cualquier premio. Además, justo esta mañana 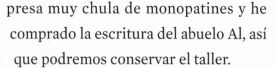 he vendido la idea de la levitación magnética a una empresa muy chula de monopatines y he comprado la escritura del abuelo Al, así que podremos conservar el taller.

—¿Que has vendido una imitación estética? —dice Mary Einstein—. ¿La fritura del abuelo?

Frank se ríe.

—Ya te lo explicaré todo cuando volváis a casa.

El abuelo Al asoma la cabeza por la puerta del laboratorio de Frank, y saluda:

—¡Hola, Mary! ¡Hola, Bob! Todo va de rechupete. Ahora, si me disculpáis, mi regia presencia es requerida para otros menesteres.

—¿Eh? —dice Watson—. ¿Qué significa eso?

—Estoy preparando la cena. ¡Hasta luego, Mary! ¡Hasta luego, hijo! —el abuelo Al desaparece en el interior de la cocina.

Y Bob Einstein aparece junto a Mary.

—Ya hemos aterrizado de vuelta en nuestro país, compañero, así que ¡podré ayudarte con tu próximo invento!

—Oh, cielos, papá. Eso es... ejem... genial.

Klink rueda hasta la mesa de trabajo.

—¿Estás siendo sarcástico?

—Vaya —dice Bob—. ¿Acaba de decir algo la aspiradora?

Klink emite un bip.

—Bueno, más cosas que contaros cuando volváis a casa. Nos vemos pronto. ¡Adiós!

Frank cierra el ordenador portátil. Amontona sus papeles.

Watson limpia una estantería. Organiza unas herramientas.

Klink se sienta en silencio. Su luz LED parpadea muy levemente.

—Amigo, sin duda que ese Edison estará enfadado —dice Watson.

—Mmm, ajá —coincide Frank, que echa un vistazo a su enciclopedia de ciencias.

—Va a ser nuestro enemigo para toda la vida.

—Aaa... ajá —coincide Frank, que dibuja un garabato.

—Y ese simio, tampoco es que vaya a ser nuestro mejor amigo.

—Claro.

De repente, el laboratorio de Frank Einstein se queda en silencio.

Watson coge un ejemplar del libro del Capitán Calzoncillos, el favorito de Klank, y arruga el entrecejo.

—Oye, Einstein, a veces pienso que tú sí que eres un robot. ¿Es que no echas de menos a Klank? Era un buen tipo.

Klink se enciende.

—Un robot no puede ser bueno ni malo. Klank era un robot —Klink parpadea una vez, y dos veces más—. Pero me gustaría volver a tratar de entender sus chistes.

Frank levanta la vista de su libro de ciencias.

—De manera que nuestro siguiente tema es la energía. Esto es lo que estoy pensando.

Watson mira a Frank fijamente.

—¿Estás de broma? Klank voló por los aires por nosotros, y tú solo puedes pensar en...

Llaman a la puerta que da al patio trasero.

—Vaya, espera. Es solo un segundo —Frank se levanta de la mesa de trabajo.

Al otro lado de la puerta se oye una voz que dice:

—**Toc, toc.**

—¿Quién anda ahí? —pregunta Frank.

—**Soy Olero Jijú.**

—¿O-le-ro Ji-jú?

Frank abre la puerta de golpe. Klank entra con sus zancadas plomizas y exclama a voces:

—**¡No sabía que cantaras como los tiroleses!**

—¡Klank! —grita Watson.

—**Ja, ja, ja** —dice Klink con un bip.

Klank da unos pasos de elefante, se acerca a la mesa de trabajo y rodea con sus brazos de aluminio flexible a Watson, Klink y Frank, que sonríe.

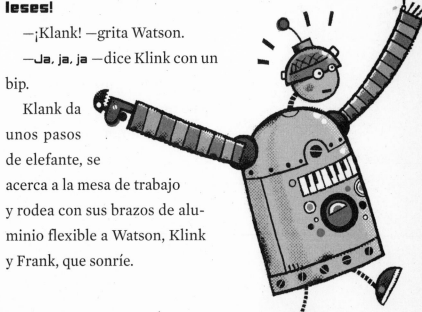

MATERIA

ENERGÍA

HUMANOS

Aristóteles

$E = mc^2$

—¡Abrazos! ¡Klank da abrazos! ¡Abrazos da Klank! ¡Da abrazos Klank! ¡Abrazos Klank da!

Antes de que ninguno de ellos pueda hacer ninguna pregunta, Frank responde:

—Una entidad *re*-ensamblada de inteligencia artificial, con un poquito de ayuda por mi parte, aunque esta vez tampoco hemos sido capaces de encontrar mucha memoria ni capacidad cerebral.

Klank muestra en alto su nueva mano hecha con una llave de fontanero.

VIDA

TIERRA

UNIVERSO

—¡Pero sí hemos encontrado esto! ¡Klank es ahora más grande y más fuerte que nunca!

Todos se ríen. Incluso Klink. Más o menos.

Frank observa al extraño grupo que forman y dice:

—**RESULTADO:** tres buenos amigos. El hogar del abuelo Al está a salvo... por ahora. Podría tener un enemigo de por vida en la figura de T. Edison.

Frank levanta la vista al Muro de la Ciencia.

—**CONCLUSIÓN:** materia y antimateria... alucinante.

Frank hace una pausa de un segundo.

—Veamos, al respecto de esa idea sobre la energía... tengo un invento que podría ser todavía más alucinante. ¿Quién está conmigo?

Watson sonríe.

—Aquí tienes a uno.

—A **dos** —dice Klink con un bip.

—**¡Yo tres!** —exclama Klank con su bum-chicka-bum-bum.

—Estamos todos —dice Frank Einstein.

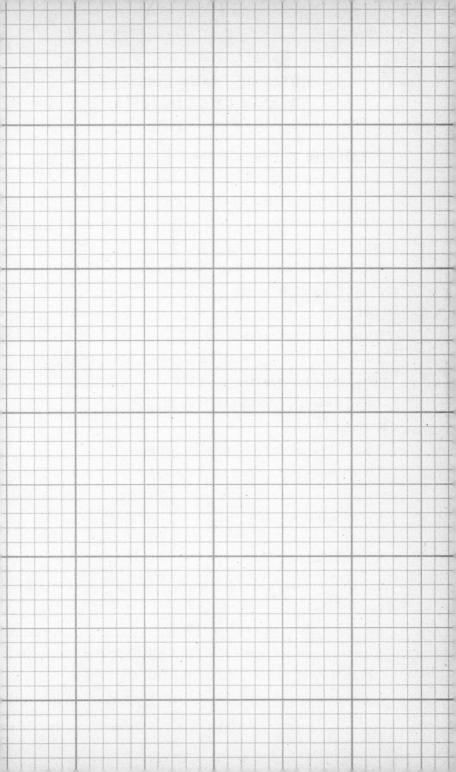

NOTAS DE FRANK EINSTEIN
ACERCA DE LA MATERIA

MATERIA

Aquello de lo que está hecho todo.

Todos los seres vivos y los que no lo son.

Las piedras, el agua, este papel, tú y yo.

Toda materia está formada por unas partículas diminutas llamadas átomos.

Los átomos se unen y forman moléculas.

ESTADOS DE LA MATERIA

SÓLIDOS

Tienen una forma definida.

Los átomos y las moléculas están dispuestos muy juntos unos de otros.

Tampoco se mueven mucho por ahí.

Como el hielo. Y como la cabeza de Klank.

LÍQUIDOS

Toman la forma de aquello que los contiene.

Los átomos y las moléculas se mueven y se deslizan unos sobre otros.

Como el agua. Y como el fluido que pierde Klank por una fuga.

GASES

No tienen forma propia.

Los átomos y las moléculas están muy separados y se mueven a gran velocidad.

La mayoría de los gases son invisibles.

Como el vapor del agua hirviendo. Y como el humo que sale de la cabeza de Klink cuando escucha a Klank.

INTELIGENCIA ARTIFICIAL (ILUSTRACIÓN I.2)

Una máquina capaz de hacer lo mismo que los seres humanos.

Véase *Klink*.

CUASI-INTELIGENCIA ARTIFICIAL (ILUSTRACIÓN I.3)

Una máquina capaz de hacer algunas de las cosas que hacen los seres humanos, solo que no muy bien.

Sin embargo, por lo general se le dan bastante bien los chistes y la música.

Véase *Klank*.

METANO BOVINO (ILUSTRACIÓN I.7)

Gas. Producido por la digestión de la vaca.

Una molécula formada por 1 átomo de carbono y 4 átomos de hidrógeno.

Liberado a la atmósfera principalmente por los eructos de las vacas. También por los pedos de vaca.

Se calcula unos 250 litros por vaca al día.

Eso son 250 botellas de un litro. Llenas. De gas de vaca.

ÁTOMO (ILUSTRACIONES I.11 Y I.12)

Partícula que compone toda la materia.

Es tan pequeño que harían falta millones de átomos para formar un punto de tinta en esta página.

Las principales partículas del átomo son los protones, los neutrones y los electrones.

Cierta materia —el oro, el cobre y la plata— solo tiene un tipo de átomo.

Otra materia —el agua— está formada por diferentes átomos que están unidos.

La unión de los átomos se denomina molécula.

ANTIMATERIA (ILUSTRACIONES I.13 Y I.14)

El universo está hecho de materia, pero los científicos han llevado a cabo experimentos que demuestran que también existe la antimateria.

La antimateria posee la carga eléctrica opuesta de la materia.

Cuando la materia se encuentra con su antimateria, se destruyen mutuamente... y se libera gran cantidad de energía.

En el universo debería haber la misma cantidad exacta de materia que de antimateria, ya que ambas se generaron de igual modo cuando se inició el universo con el Big Bang (hace unos 13.820 millones de años).

Nadie ha sido capaz de encontrar mucha antimateria.

Los científicos del CERN y otros lugares están generando antimateria mediante el choque de unas partículas atómicas con otras.

MOLÉCULA (ILUSTRACIÓN I.16)

Es la unión de diferentes átomos para generar una sustancia.

El agua está formada por moléculas de 2 átomos de hidrógeno con 1 átomo de oxígeno. Se escribe H_2O.

El gas metano está formado por moléculas de 1 átomo de carbono con 4 átomos de hidrógeno. Se escribe CH_4.

CERN (ILUSTRACIÓN I.21)

Centro de investigación cerca de Ginebra (Suiza). Científicos de varios países construyen una máquina que acelera las partículas atómicas dentro de un anillo subterráneo gigante... y después las hacen chocar unas contra otras.

Los científicos tratan de aprender más acerca de cómo están hechos los átomos, y también el universo.

Es la máquina más grande jamás creada por el ser humano con el fin de estudiar las partículas más pequeñas de materia.

Se llama Gran Colisionador de Hadrones.

El anillo subterráneo es tan grande que cruza cuatro veces la frontera entre Francia y Suiza.

EL INVENTO FAVORITO DE WATSON

I.00: CAMBIO DE ESTADO DE LA MATERIA: EL POLO.

Cuando Frank Epperson tenía once años y vivía en San Francisco (Estados Unidos) en 1905, se dejó un vaso de gaseosa con sirope en el porche de su casa, a la intemperie. En el vaso también se dejó metido el palito con el que había removido la gaseosa y el sirope.

Aquella noche, la temperatura descendió por debajo del punto de congelación del agua (0 grados Celsius o 32 grados Fahrenheit). El agua cambió de estado, de líquido a sólido (hielo).

A la mañana siguiente, Frank cogió el palito, y todo el bloque de hielo con sirope salió con él.

Dieciocho años más tarde, Frank se acordó de su golosina helada con el palito. Registró la idea en la Oficina de Patentes, y a su invento lo llamó «Epsicle».

Sin embargo, los hijos de Frank llamaban «Pop» a su padre (una forma familiar de decir «papá» en inglés), y le dieron un nombre mejor a su invento: «Popsicle», que es el nombre que recibe el polo en inglés desde entonces.

KLINK Y KLANK PRESENTAN
CÓMO HACER TU PROPIO MOTOR ANTIMATERIA

INGREDIENTES

1 gota de agua (H_2O)

1 gota de antiagua (anti-H_2O)

EQUIPAMIENTO

1 bici vieja, 1 motor de cortacésped, 2 cables alargadores, 3 tubos de cobre, imanes, detectores, protección contra la radiactividad, un sincrotrón.

I. ENSAMBLAR EL EQUIPAMIENTO Y LOS INGREDIENTES EN TU LABORATORIO.

2. PARA PRODUCIR ANTIMATERIA, PRIMERO SE HA DE...

—¡Eh, Klink!

—Klank, ¿por qué me interrumpes? Estamos explicando cómo se hace un motor antimateria.

—Lo sé, lo sé, pero es que esto es igualito que la materia y la antimateria.

—¿En serio?

—Sí, en serio.

—¿No es otra de tus bromas «Toc-toc»?

—No, no lo es.

—¿Estás seguro?

—**Sí.**

—Más te vale que no lo sea.

—**Palabra robótica de honor. Esto no es otra broma «Toc-toc».**

—Muy bien. ¿Qué es?

—**Van dos robots que se llaman Pi-T y R-Pi-T y se sientan en lo alto de un muro. Pi-T se cae. ¿Quién queda?**

—R-Pi-T.

—**Van dos robots que se llaman Pi-T y R-Pi-T y se sientan en lo alto de un muro. Pi-T se cae. ¿Quién queda?**

—R-Pi-T.

—**Van dos robots que se llaman Pi-T y R-Pi-T y se sientan en lo alto de un muro. Pi-T se cae. ¿Quién queda?**

—R-Pi-T.

—**Van dos robots que se lla-man Pi-T y R-Pi-T y se sientan en lo alto de un muro. Pi-T se cae. ¿Quién queda?**

—R-Pi-T.

—**Van dos robots que se llaman Pi-T y R-Pi-T y se sien-tan en lo alto de un muro. Pi-T**

LOS NUEVOS INVENTOS DE T. EDISON

TV EN 5D: ███████████████████████████████

███████████████████████████████

███████████████████████████████

TEXTO ESPACIAL: ███████████████████████

███████████████████████████████

███████████████████████████████

█████████

PROYECTOR PELÍCULAS LÁSER: ███████████████

███████████████████████████████

███████████████

███████████████████████████

LUZ SIN BOMBILLA: ███████████████████████

███████████████████████████████

███████████

███████████████████████████████

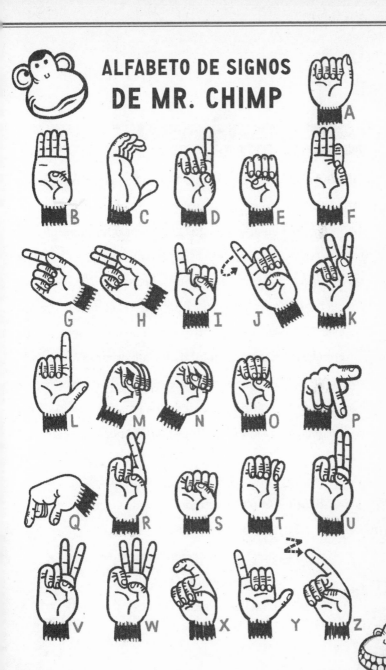

ALFABETO DE SIGNOS
DE MR. CHIMP

JON SCIESZKA creció siendo un apasionado de la ciencia. Alguno de sus primeros e innovadores proyectos para la clase de ciencias (colocar unos tallos de apio en agua con colorante) sigue siendo hoy en día un trabajo de referencia (para su madre). Es el autor de *¡La auténtica historia de los tres cerditos!, El apestoso hombre queso y otros cuentos maravillosamente estúpidos, El club de los bichos raros,* la serie *Time Warp Trio* y otros muchos libros, demasiados para enumerarlos. También es el fundador del programa *online* de alfabetización Guys Read. Scieszka fue nombrado primer embajador nacional de Literatura Juvenil de los Estados Unidos. Vive en Brooklyn, Nueva York, y conserva su pasión por la ciencia.

BRIAN BIGGS ha ilustrado libros de Garth Nix, Cynthia Rylant y Katherine Applegate, y es autor e ilustrador de la serie *Everything Goes*. Vive en Filadelfia, Estados Unidos.

PARA LOS VERDADEROS (Y MUCHO MÁS ESPABILADOS) BOB Y MARY... BOB Y MARY BROWN, UNOS LIBREROS GENIALES

Título original: *Frank Einstein and the Animatter Motor*
Primera edición: mayo de 2015

© 2014, Jon Scieszka
Publicado originalmente por Amulet Books, un sello de Abrams. Todos los derechos reservados
© 2015, de la presente edición en castellano para todo el mundo:
Penguin Random House Grupo Editorial, S.A.U.
Travessera de Gràcia, 47-49. 08021 Barcelona
© De la traducción: 2015, Julio Hermoso Oliveras
© De las ilustraciones: 2014, Brian Giggs
Diseño de Chad W. Beckerman

Printed in Spain – Impreso en España

ISBN: 978-84-204-1907-7
Depósito legal: B-9.155-2015

Impreso en Cayfosa (Barcelona)

AL 1 9 0 7 7

Penguin
Random House
Grupo Editorial

PRÓXIMAMENTE:

JON SCIESZKA

ILUSTRADO POR BRIAN BIGGS